集英社オレンジ文庫

京都伏見は水神さまのいたはるところ

ふたりの春と翡翠の空

相川　真

JN054197

本書は書き下ろしです。

目次

【登場人物紹介】

三岡《みつおか》ひろ

大学院生。東京で暮らしていたが、高校時代に京都の祖母のもとに。水神の加護があり、ひとならぬものの声が聞こえる。

清尾拓己《きよおたくみ》

ひろの幼馴染みで今は恋人に。家業の造り酒屋『清花蔵』の跡取りとして東京から戻った。

シロ

かつて京都にあった池の水神。普段は白い蛇の姿だが、雨が降る時には人の姿になれる。ひろに執着する。

水守《みずもり》はな江《え》

ひろの祖母。古くから水に関わる相談事を引き受けていた蓮見神社の宮司。

西野《にしの》　椿《つばき》

ひろの高校時代からの友人。小柄で色白な純和風美人。

砂賀陶子《さがとうこ》

ひろの高校時代からの友人。長身ではきはきした性格。

イラスト／白谷ゆう

一 清流の主

1

春の始まりはいつも、新しい命の芽吹くにおいがする。

三岡《みつおか》ひろは、神社の境内《けいだい》を掃く手を止めた。

見上げると、春の薄い雲が青空を淡く透かしている。それが上空の強い風に吹かれて濃く、あるいは薄く彩《いろど》りを変えていく。

ゆっくりと息を吸う。

ほろほろと花開き始めた桃の花の甘いにおいに、ひろはほっと顔をほころばせた。

ひろは自然が好きだ。

鳥の声が、風の音が、木の葉ずれの音が好きだ。季節ごとに変わる風のにおいも、夕暮れ時の空に山の稜線《りょうせん》がくっきりと描き出されるのも、ふっくらと膨らんだ桜の芽が今にもはじけそうにうずいて見えるのも。

そのどれもがいつも、ひろの心を惹《ひ》きつけてやまない。

ゆったりと過ぎていくこの季節の狭間の中に、いつまでもたたずんでいられるような、そんな気がしていた。

がらりと戸の開く音が聞こえて、ひろははっと我に返った。

「ひろ、まだ終わってへんの？」

苦笑を交えながらこちらへやってきたのは、ひろの祖母、水守《みずもり》はな江《え》だった。淡い草色の着物に緑青《ろくしょう》の帯、白い髪を一つにまとめ上げてピンと背筋を伸ばしている。

「うわ、ごめん！」

ひろは自然に見とれてすっかり疎《おろそ》かになっていた掃除の手を、あわてて動かしはじめた。

この神社――京都伏見《ふしみ》の蓮見《はすみ》神社は、祖母の神社だった。

――京都の南を流れる宇治《うじ》川のそばに、伏見という街が広がっている。

かつて太閤豊臣秀吉《たいこうとよとみひでよし》の整備した城下町で、大阪と京を繋《つな》ぐ舟運《しゅううん》の町でもあった。宇治川派流《はりゅう》と呼ばれる細い川には、今でも観光用の十石舟《じっこくぶね》や三十石船がゆったりと行き来している。

そのほど近くに、酒蔵の建ち並ぶ一角があった。

名水の湧くこの土地は、昔から酒造りの町としても有名である。焼き板で囲まれた蔵が建ち並び、名のある酒蔵が軒《のき》を連ねていた。

蓮見神社はその町のただ中にあった。

ひろは高校一年生の秋に、東京からここ、京都の伏見にある祖母の神社にやってきた。

父は海外に単身赴任、仕事の忙しい母と東京のマンションで二人暮らしだったひろは、都会の喧騒《けんそう》と、周りの速さについていくことができなかった。

京都に越してきて祖母と暮らすうちに、たくさんの出会いがあった。

その中でひろは、自分がどう生きてどんな道を歩んでいくのかを、自分で選んだのだ。

それから七年と半分。この春で、ひろは大学院の二年生になる。

もうすっかり馴染《なじ》んでしまったこの洛南《らくなん》の春だけれど、ひろは今年も、この芽吹きの風をとても愛《いと》おしく思うのだ。

吸い寄せられるようにまた空を見つめていると、祖母のため息が聞こえた。

「ひろ、時間も気にしなあかんえ。今日は昼から、あちらさんのお手伝いに行くんやろ」

祖母がちらりと視線をやった先は、鳥居の向こう、はす向かいの大きな家だった。

伏見の酒蔵、清花蔵《きよはなくら》である。

清花蔵とは祖母やひろも懇意にしていて、祖母が仕事で遅くなった日には、そこで夕食の相伴《しょうばん》にあずかることも多かった。

ひろはポケットに突っ込んだスマートフォンで時間を確認して、顔を引きつらせた。

「うわっ……！」

今日は清花蔵の大宴会である。大学はすでに春休みで研究資料の作成も一段落ついたので、手伝いに行くと約束していたのだ。

ああでも、とひろは駆け出しそうになった足をぴたりと止めた。

高校生のころより長くなった髪は風に吹かれてくしゃくしゃだし、服はスウェットで葉っぱがあちこちくっついている。顔は日焼け止めを塗っただけだ。

これではとても——彼に会えないような気がする。

「時間……行かなきゃ！　でもせめて、なんとか髪だけでも……！」

葉っぱと枝の絡んだ竹箒《たけぼうき》を振り回しながら、右往左往するひろを尻目に、はな江がくすりと笑った。

「何をいまさら。あの子はそんなん気にせえへんえ」

「……知ってるよ」

でもそうじゃないのだ。これはひろの心持ちの問題だ。

今日はせっかくの宴会で、季節は心も浮き足立つ春が近づいている。

友だちにかわいい髪の巻き方を教えてもらって、ひと月も前に買ったカーディガンは、今日下ろすのだと決めていた。

——それに、とひろは思う。

毎日じゃなくても、ほんのときどき、特別なときだけでかまわないから。

好きな人には……かわいいと思ってもらいたい。

「わたし、やっぱり着替えてくる」

呆《あき》れたような祖母のため息を背中に、ひろは家の中に駆け込んだ。

はす向かいの清花蔵は清尾《きよお》家が営《いとな》む、古くから続く酒蔵である。奥に母屋《おもや》が繋がるこちら側が店、道路を挟んで向かい側には、今でも「蔵」と呼ぶ小さな工場を持っていた。

その清花蔵の縁側に、春の夕暮れが訪れようとしている。

「——はい、お盆通りますよ、お野菜とお魚です！」

ひろは畳《たたみ》敷きの食事の間を大股《また》で通り抜けて、縁側にどん、と盆を置いた。

盆の上には大皿が二つ、一つには大きな椎茸《しいたけ》や豪快に四つ切りにした春キャベツ、輪切りにした新たまねぎが。もう一つには開いた真っ白な鱚《きす》に、大ハマグリと海老《えび》、春鰹《はるがつお》の大ぶりの切り身が豪快に積み上げられている。

庭では清花蔵の蔵人《くらびと》たちが、七輪を引っ張り出して炭火を起こしていた。

清花蔵は寒造りの蔵だ。秋口になると杜氏《とうじ》や蔵人を迎えて仕込みを行う。それが終わる春ごろに、彼らはまた故郷へ戻っていくのだ。

「ひろちゃん、酒まだあるか？」

腹の底に響くような、蔵人たちの大きな声が飛ぶ。

「聞いてきます！」

大皿を置いたひろは、またぱっと立ち上がった。

樽《たる》をかきまぜたり米を運んだり、肉体労働の彼らは声も体も大きくて、ひっこみじあんのひろはその迫力に怯《おび》えていた。

けれどここで過ごすうちに彼らのことも少しずつ知って、今ではこの賑やかな場所がひろも大好きになったのだ。

「――ええよ、ひろ。重いやろうしおれが持ってくる」

とん、と肩に手を置かれて、ひろは顔を上げた。視線の先で優しげな顔が笑っている。

拓己《たくみ》だった。

清尾拓己は清花蔵の跡取りで、ひろの四つ年上の幼馴染《おさななじ》みだ。

幼いころ、蓮見神社にやってくるたびに、ひろは拓己に手を引かれてあちこち連れていってもらった。

高校生になって伏見にやってきたひろを、なにくれとなくかまってくれたのも拓己だ。

ひろがこの地にゆっくり馴染んでいくのを、隣でずっと見守ってくれていた。

ひろが高校を卒業する年、拓己も大学を卒業した。一度東京に就職した拓己だが、去年の春に蔵の跡を継ぐために京都へ戻ってきた。

桜の舞う、あたたかな日だった。

そしてその日、拓己は優しい近所のお兄さんから――ひろの彼氏になったのだ。

「ありがとう、拓己くん」

そういえばこの春で、拓己との関係が幼馴染みから特別なものになって、一年が経《た》つ。

そう思うと少し照れくさい。

そろりと見上げた先で、拓己が穏やかに笑っている。

高い身長にぐっと厚みのある体つき、鼻筋が通りすらりと切れ長の瞳を持っていて、贔《ひい》屓目《きめ》でなくても整った顔立ちをしていると思う。学生時代は頼りがいのあるお兄さんとして周囲からも人気があって……有り体《てい》に言えばとてもモテていたそうだ。

もう一年も経つというのに、この人が彼氏であるということに、ひろはいまだに慣れることができないでいる。

そんなひろに拓己は、自分たちのペースでゆっくりでかまわないと、言葉でも態度でもいつも示してくれるのだ。

その優しさがうれしくて、そしてときどきくすぐったい。

「酒はおれが持ってくるから、ひろはもう座って食べ」

「うん」

顔を上げた先でふと視線が合う。拓己の瞳の奥が柔らかくなって、甘くとろけるようで。

こんな目で自分を見ていたのかと思うと、ぶわりと顔が赤くなる。

二人とも一瞬固まったのをめざとく見つけたのか、蔵人たちからすかさず声が飛んだ。

「おお若、ひろちゃんにええとこ見せようとしてるやん」

「はよ結婚せえ！」

やんややんやとはやし立てられて、ひろはあわてて拓己から飛び退《の》いた。

若、と呼ばれた拓己が、大きな手で顔を覆《おお》う。

「あの人らはもう……」

赤くなった顔を上げて、縁側に怒鳴り返す。

「やかましいです！」

それは元剣道部らしい拓己の腹の底からの叫びだったが、日々重い樽の中をかきまぜている蔵人たちにはまだとうていかなわない。そもそも人数が違う。

「阿呆《あほ》、しばらくは若がおもちゃに決まってるやろ」

「あんなおしめつけて泣きじゃくってた若が、こんなかっこつけるようになるてなあ」

「縁側で転んで痛い痛い言うてたのに」

年季の入った蔵人たちにとっては、拓己はまだからかいがいのある子どもだ。気恥ずかしさと悔しさを滲《にじ》ませた顔で黙り込んだ拓己が、やがてばっと顔を上げた。

ぐっと肩を抱き寄せられて、ひろはその場で硬直した。拓己の大きな手がひろの肩をしっかりと抱え込んでいる。

半ばやけになったように、拓己がひろの真横で叫んだ。

「――彼女の前で格好つけて、なんかあかんことありますか！」

一瞬、縁側がしんと静まって。

その後、かつてないほどの蔵人たちの歓声が響き渡った。

照れが勝った拓己がひろの肩を放して、逃げるように台所へ駆けていく。蔵人たちの、何度目かの乾杯の音頭《おんど》が縁側に響き渡る。

その喧騒のど真ん中で、ひろは目を見開いたまま立ち尽くしていた。

心臓の鼓動が耳の奥で聞こえる。

思考は真っ白で、きっと顔は真っ赤になっているに違いない。

「……拓己くんの、ばか」

真っ赤になった顔を覆って、ひろはその場に崩れ落ちるように座り込んだ。

食事の間には隣り合うように客間が用意されている。障子《しょうじ》一枚で隔てられたそこは、いつからかひろと拓己の定位置になっていた。

香ばしい焼きハマグリに皮だけをさっと炙《あぶ》った鰹、拓己の母、実里《みさと》手製のふきのとうと春野菜の天ぷらをお腹《なか》いっぱい詰め込んだあと、ひろはその客間で、湯飲みを片手にほっと息をついた。

「ほんまあの人らは……」

拓己が縁側の喧騒を横目にぶつぶつとつぶやいている。まだ耳が赤くなっていて、相当に恥ずかしかったらしい。

けれどその口元が、わずかにほころんでいるのがひろにはわかった。拓己が何よりもこの蔵と蔵人たちとの毎日を大切にしていると、ひろは知っている。

ひろの湯飲みが半分ほど空いたころ。拓己がそういえばと顔を上げた。

「来週、大丈夫やんな、ひろ」

ひろは大きくうなずいた。

大学は春休みに入り、その間にどこかに遊びに行こうと誘ってくれたのは拓己だ。

いわゆるデート、というやつである。

そう思うだけで、ひろは収まったはずの鼓動がどきりと鳴った気がした。

拓己とはそもそもご近所付き合いで、しょっちゅう食事をともにしている間柄だ。一緒にいるということが自然だった反動か、デートとか外に食事に出かけるという「恋人らしいイベント」に、ひろはいまだにどきどきしてしまう。

普通は先に一通りどきどきしてから、やがて落ち着いていくものらしいので、どうやら一般的な順序とはまるきり逆らしかった。

「充《みつる》さんに車もらえることになったから。手続き済んでるし、来週取りに行ってくる」

ひろは目を丸くした。

「車？」

「ああ。おれもそろそろ自分の車ほしいいて思てて。そしたら充さんがちょうど買い換えるていうから、譲ってもらったんや」

充——赤沢《あかさわ》充は拓己の社会人の先輩だ。伏見でレストランを経営していて、ひろも何度か訪れたことがあった。

「今まで社用車で十分だって言ってたのに、突然だね」

清花蔵にはトラックも含めた数台の社用車があって、それを拓己が運転しているのをひろも知っていた。だが京都市内、特に中心部は車で移動するには億劫《おっくう》な場所もあるからと、拓己自身は今まで車がほしいと言ったことはなかったはずだ。

不思議そうにそう問うたひろに、拓己がそろりと視線を外した。

「……車やったら、二人……やろ」

「二人？」

問い返したひろに、拓己の指が自分とひろを差す。

「おれと、ひろが……二人きり」

そうして少し照れたように笑うから。それがかわいくて、でも無性に恥ずかしくてうれしくて。

こういうところが拓己はずるいのだと、ひろはいつだってそう思うのだ。

「──二人なものか」

そのときふいに声が聞こえた。

開け放たれた縁側からの、春の夜風に交じる涼やかな声だ。

するりとひろの膝《ひざ》に這《は》い上がったものがあった。三十センチほどの小さな白蛇《しろへび》だった。

「シロ」

ひろがうれしそうにそう呼ぶと、その白蛇は鎌首《かまくび》をもたげて、笑いの気配を滲ませた。

その瞳はちょうど夜空に姿を現した、美しい月と同じ色をしている。

シロはひろの友だちだ。

そしてこの伏見の地に棲《す》む――人ならざるものであった。

シロはかつて京都の南に広がっていた、巨椋池《おぐらいけ》という巨大な池を棲み家にしていた。その本質は龍《りゅう》で普段は白蛇だが、雨が降ると人の姿をとることができる。

ひろがまだ幼いころ、灼熱《しゃくねつ》の夏の日にその白蛇は蓮見神社の境内に現れた。ひからびそうになっていた白蛇に、ひろは水を与えてシロと名前をつけた。

それ以来、シロはひろの大切な友だちになったのだ。

ひろには不思議な力があった。

シロのような、人ならざるものの声を聞く力だ。シロと関わったことでその力は増し、また約束を交わしたことで、水がひろを守ってくれるようになった。

ひろはこの力を、人とそうでないものとの間に立って、その想いをすくい上げるために使うのだと決めた。

そう思うことができるようになったのは――この京都でたくさんの人と、人ならざるものたちの想いに触れてきたからだ。

「相変わらず勝手に入り込みよって」

拓己はため息交じりに、そばに置いてあった猪口《ちょこ》に酒を注いだ。こういうとき拓己はいつもシロの分の酒も用意する。

それは拓已もまた、古くから人ならざるものに関わる家系だからだ。

猪口からちろりと酒を舐《な》めたシロが、満足そうにこぼした。

「ああ、内蔵の酒か。やはり『清花《きよはな》』はいいな」

清花蔵は神に捧げる酒を造る蔵だ。工場で造られる『清花』とは別に、内蔵と呼ばれる庭の奥にある古い蔵で造られる酒がある。

神酒《みき》『清花』は、シロたちのようなもののために造られる酒だった。

蔵元である拓已の父と、そして古くからの蔵人と杜氏しか知らない、清花蔵の秘密でもあった。

シロがひょい、と猪口から顔を上げた。そしてこれ見よがしに、ひろの膝の上にするりと上がる。

「聞いたぞ、跡取り。車を手に入れたんだろう?」

「おれの車は白蛇禁止や」

自分の猪口にも酒を注いだ拓已が、嫌そうに顔を引きつらせている。

「勝手に乗り込んでやるからな。お前とひろをそうそう二人きりにすると思うな」

「空気読んでどっか行け」

拓已がひろの膝の上でごろごろ転がっていたシロを、がしっとわしづかみにした。

「放せ！　つかむな！」

じたばたと拓己の手の中で暴れるシロと、それをものともせずにぶらぶらと揺らしている拓己を見ていると、ひろはどこか微笑《ほほえ》ましい気持ちになるのだ。

拓己とシロは仲が悪いように見えるが、最近はこれが彼らなりのコミュニケーションなんだな、と思うようになった。

拓己がシロの分の酒を用意するのと同じように、シロもまた拓己のことが特別であるのをひろはちゃんと知っている。シロがこんなふうに自分に触れさせたり、けんか腰の言葉を許すのはたぶん、珍しいことだと思うから。

本当はそれが、ときどきうらやましい。

拓己がこんなふうにひろをからかうことはあまりないし、シロの信頼の透ける軽口を聞くこともないから、それが友情の証《あかし》のような気がするのかもしれない。

ひとまず気が済んだのか、拓己がシロをぱっと放してひろに向き直った。

「どこに行きたい？　ひろ。山でも海でもひろの好きなところに行こ。比叡山《ひえいざん》もきれいやろうし、琵琶湖《びわこ》を一周するのも面白そうやな。きっとひろは気に入る」

ひろは目を輝かせた。

たとえば、静かで深い山の上から見る景色を想像した。

空は青く広く眼下には雲が広がっている。鳥がその翼《つばさ》にたっぷりと風をはらむさまを見下ろすことだって、できるかもしれない。

海のように広がる琵琶湖の水面《みなも》が、きらきらと陽光を反射して光るのをゆっくり眺めて、遠くを過ぎるヨットの帆影に手を振るのもいい。

拓己とそしてシロとなら、そういうところにもたくさん行ってみたいと思うのだ。

「楽しみだね……！」

顔を上げると、拓己がきゅうと目を細めてこちらを見つめていた。

「ああ、どこでも連れていったる」

すかさずシロが口を挟んだ。

「おれも行く」

「白蛇は屋根な、屋根」

そしてまた二人で睨《にら》み合うのがおかしくて、ひろはふふ、と口元をほころばせたのだ。

2

約束の日曜日は春らしい日だった。

自分の部屋の窓を開けたひろは、萌《も》える緑のにおいを思い切り吸い込んだ。すっかり澄み渡った空のずっと高いところを、鳥が飛んでいくのが見える。

絶好のデート日和《びより》である。

前日からそわそわしていてちっとも眠りにつけなかったくせに、朝起きたのは学校へ行くよりもずっと早かった。

髪は一つにくくって先端を軽くカールさせる。小ぶりの髪ゴムには金色のハーフリングがついていた。

淡いグリーンのカットソーとカーディガンのセットは、今年の春のトレンドだ。柔らかなデニムのスカートを合わせて、足元は歩きやすいようにスニーカーを履《は》くつもりだった。

大学の後輩にアドバイスをもらいながら、河原町《かわらまち》を歩き回って決めたコーディネートだ。

「……ふふ」

一人で鏡の前でくるりと回ってみる。自分でも浮き足立っているとわかる。

快晴の春の空、新しい服とどれもうれしいのだけれど、やはり拓己とゆっくり話すことができるのが、今は一番楽しみだった。

ここ最近、拓己は目に見えて忙しくなった。

もともと蔵の跡取りとして、杜氏について仕込みの勉強もしている。その上この時期は春の蔵開きのイベントが控えているし、最近は清花蔵も長期休みには、小学生を招いて見学会なんかも開いている。その上、拓己が所属している『洛南の今後を担《にな》う若手経営者の会』――通称『若手会』の企画にも関わっているらしい。

食事時にもあまり顔を出さなくなった拓己と、気がつけば一週間以上まともに話すこともできていない。

それが、少しさびしい。

恋をして自分はだめになったのかもしれないとひろは思う。

気がつくといつも拓己のことばかり考えている。会えなくてさびしくて、ともするとどうしてと縋《すが》ってしまいそうになる。

でもそれはだめだ。

拓己が清花蔵をとても大切にしていることを、ひろは知っている。

昔からの商売を続けていくのは、今はとても厳しくなっていて、新しい道をたくさん模索していかなくてはいけないのだ。

だからひろはそんな拓己の隣に立って、彼を支えられる人になりたいと思っている。

戒《いまし》めるように、ひろは自分の手のひらをぐっと握りしめた。

本当はずっと一緒にいたいのだと、どろりと澱《よど》んでひどく自分勝手な気持ちが……決してこぼれてしまわないように。

――清花蔵を訪ねたひろは、静まりかえった母屋にわずかに眉を寄せた。

ひろが訪ねると、たいてい玄関そばの台所にいる拓己の母――実里が出迎えてくれるからだ。そして何より、今日は拓己が待っていてくれるはずだった。

「こんにちは」

薄暗い玄関から声をかける。しばらく待ってみても誰からも返事がない。

実里は買い物だろうか。蔵人たちがしょっちゅう行き来しているからか、この時期の清尾家はひろでも不用心だと思うほど、開けっぱなしのことがある。

ひろは迷った末、玄関から中に足を踏み入れた。いまさら留守に上がり込んで怒られるような付き合いではないが、それでもどこか緊張する。

「拓己くん」

もう一度呼びかけて、じっと耳を澄ませる。

そのときだった。どんっと天井から音がしてひろは飛び上がった。二階には拓己の部屋がある。

階段を駆け上がった先で、ひろは悲鳴を上げそうになった。

「うわっ、拓己くん！」

ドアを半ば開けた状態で、拓己が廊下に転がっていた。だらりと床に手を伸ばしていて、一瞬心臓が縮み上がる。

「大丈夫!?　どうしたの!?」

あわてて駆けよると、拓己は億劫そうに体を起こした。その手に触れただけでひどい熱だとわかる。

「ごめ……ひろ。声聞こえたし迎えに行こう思て……」

その声は熱を帯びてかさかさにかすれていた。デニムにカットソー、ジャケットを着込んでいて、出かけようとしていたのだとわかる。

「だめだよ、すごい熱だよ」

「……病院、行った。薬飲んだ……」

なんとか身じろいで立ち上がろうとしている拓己は、そのまま廊下の壁にごん、と頭をぶつけている。とても出かけるどころではない。

「とにかく寝てないとだめだよ」

拓己を支えるように肩を貸したひろに、拓己は嘆息した。自力で立ち上がることは諦《あきら》めたのだろうか。廊下に座り込んだままの拓己が、こつりとうなだれるようにひろの肩に頭をもたせかけた。

「……ごめん、ひろ。約束やったのに」

ほう、と吐いた息が熱くて、それだけで心配で胸が締めつけられそうだった。

「そんなの大丈夫だよ」

とにかくベッドに、と、拓己を支えたまま、懸命に足を踏ん張って立ち上がろうとしたときだった。

──……ごぽ。

ひろはわずかに眉を寄せてあたりを見回した。

水の音だ。今、確かに聞こえた。

「……シロ?」

思わずそう問うと、それに応《こた》えるように、するりと足元からシロが現れた。

「違う。おれではない」

小さな白蛇は、ひろの足元から肩へ這い上がって、その金色の瞳をきらりと輝かせる。

「だが聞いたか、ひろ」

問われて、ひろはゆっくりとうなずいた。

ごぽごぽと水を含んだような、くぐもった声。ほんのかすかにひろの耳に届いた、小さな声だ。

――かえして。

それは確かに、拓己のそばから聞こえていた。

四苦八苦しながら、ぐったりとした拓己をなんとかベッドに押し戻し、着替えのスウェットを押しつける。

ぼんやりとした拓己が、そのままジャケットとカットソーを脱ぎ捨てそうだったので、ひろはあわててドアの外に飛び出した。細い隙間《すきま》から中を見ないように声をかける。

「何か、あたたかいものを持ってくるね」

「……うん」

どこかぼうっとした拓己の返事を背に階下に下りると、ちょうど実里が買い物から帰ってきたところだった。

実里は少しふくよかで、柔らかな雰囲気を持った人だ。いつもころころと笑って、周りを明るくしてくれる。大勢の蔵人たちの食事の準備を一人で取り仕切っていて、夕食に呼ばれたときなどには、ひろが実里を手伝うことも多かった。

「——拓己が昨日、赤沢さんとこに車もらいに行ったやろ」

実里はエコバッグから、林檎《りんご》や生姜《しょうが》湯の瓶《びん》やゼリーやプリンを次々とテーブルに並べながら言った。

「帰ってきたときは元気やったんやけど、あの子、蔵入ってしばらくして倒れてね」

医者にも行ったが風邪でもなく、疲れで熱が出ているだけで、薬が出ておしまいだったと実里が笑う。

それからとっておきの面白い話をするように、ひろのそばに顔を寄せた。

「蔵で倒れたときは蔵人さんにほら、お姫様だっこていうん？　そういうので運ばれて。よっぽど嫌やったんやろうね、もう体調悪いのに大暴れよ」

ただでさえ身長も高く体の厚みもある男が、より大柄の蔵人に横抱きにされているさまは、なんというか想像するだけで妙に迫力がある。

ひろのカーディガンのポケットで、ぶふ、と噴き出す声が聞こえた。シロだ。

ひとしきり笑ったあと、実里がふいに目を伏せた。

「……昨日は、それくらい元気やったんやけどねえ」

今朝、拓己は朝食に起き上がってこなかった。薬を飲んでも一向に熱が下がらない。昨日から悪化しているようにも見える。

実里の瞳には深い心配がのぞいていた。

ひろはそっとポケットに視線を落とした。

こちらを見上げる金色の瞳と目が合う。月の色の瞳はこちらをまっすぐに見つめていて、ひろもそれに返事をするように小さくうなずいた。

あの声だ。

拓己のそばで聞こえていた、水の音と声が頭の中をぐるぐると回っている。

拓己の体調が戻らないことと、あの声と。

絶対に無関係ではないはずだった。


土鍋にひとつかみの米と鶏肉《とり》、少しの塩、最後に卵を溶き入れて醬油《しょうゆ》をほんのひと垂らししたそれは、実里特製の粥《かゆ》だった。

あとはお願いね、と託されたそれを盆にのせて、ひろは拓己の部屋のドアをそっと開けた。うっすらと目を開けた拓己がこちらを見つめている。

「……ひろ？」

「お粥持ってきたよ。食べないと薬飲めないから」

そう言うと拓己がかすかにうなずいて、じれったいほどゆっくりと体を起こした。

ひろはベッドのそばに椅子《いす》を引き寄せて座ると、両膝をそろえてそこに盆をのせる。土鍋から椀《わん》に粥を注いでいる手元を見やって、拓己がわずかに首をかしげた。

「母さんのお粥…………か?」

やっぱり気づかれたか、とひろはそろりと視線をそらした。

実里が作る粥は、米の粒が残っているのに口に含んだ途端、ほろりとほどける絶妙な煮込み具合なのだ。鶏肉の優しい出汁《だし》の香りがほっとさせてくれるし、最後に溶き入れる卵が金色の帯のようで、見た目にも美しいのをひろも知っている。

だが土鍋の中身は、それとは似ても似つかぬできだった。

「……実里さんに教えてもらって、わたしが作りました」

ひろは神妙な顔で白状した。

実里が作るほうがおいしいし、見た目もきれいだし、なんといっても速いのもわかっていた。実里は十何人もの蔵人の料理を毎日、一人で魔法のように作り上げてしまうのだ。

それでも作ってみたいと、ひろは実里に頼み込んだ。

ベッドで臥《ふ》せる拓己に、何かできることがあるならと思ったからだ。

拓己が怪訝《けげん》そうに眉を寄せた。

「手、怪我とかしてへんか？」

「……してないです」

病人にも心配されるほど、ひろが不器用なのは自他共に認めるところである。だが、ここ数年は実里や祖母を率先して手伝っていることもあって、やっと人並み以下ぐらいには成長したのだ。

でも、とひろは自分の作った土鍋を見下ろした。

米はぐずぐずに崩れてしまって、鶏肉も火を通しすぎたのか固くなっている。出汁の香りもややトゲトゲしく、卵にいたっては、言われた通りゆっくり溶き入れたのに均一に固まらずに、白い粥の中にあちこち黄色と白の島ができてしまっている。

とうてい自信のある仕上がりではなくて、ひろは取り分けた粥の椀を、盆の上に引っ込めた。

「えっと、実里さんがゼリーとかプリンとか買ってきてくれてたから、そっち食べよう」

ひろが盆を机に置いて椅子から立ち上がりかけたとき、拓己の手がそれを制した。

「食べる」

「おいしくないと思うよ……？」

恐る恐るそう言うと、まだ熱を持った赤い顔で、拓己がふわりと相好《そうごう》を崩した。

「ひろがおれのために作ってくれたんやろ。食べる」

ほら、と促《うなが》されて、ひろはためらいながら椀を拓己の手に握らせた。

白いレンゲですくったそれをふうふうと冷ましながら、拓己が一口含む。ゆっくりとのみ込んで、ほう、と一息ついたのがわかった。

「……おいしい」

そうしてほっとしたように笑ってくれるから。ひろはなんだかたまらない気持ちになった。

いつもよりずっと頼りなくぼんやりとした口調と、半分落ちている瞼《まぶた》のせいで少し幼く見える。

これはとても珍しい。

いつだって拓己は――付き合うことになったあとも、ひろの前で優しいお兄さんの態度を崩すことはほとんどないのだ。

「ひろがいてくれて、よかった」

ひろは声も出ないまま、こくこくとうなずいた。

そんなふうに、ふいに甘やかに笑わないでほしい。

早鐘のように打ったりぎゅうと痛んだり、拓己の言葉に翻弄《ほんろう》されて、ひろにも予測不可能なほど暴れる自分の心臓を抑えるのに、必死なのだから。

薬を飲んだ拓己は、力つきたようにベッドに沈んだ。ぜいぜいと苦しそうな息の下で、重ねたひろの手がぎゅうと握りしめられる。

拓己のその手はひどく熱い。起き上がっていたのもほとんど気力だったのだろう。

「……ひろ」

うっすらと開いた拓己の目がこちらを向く。

「約束、ごめんな」

今日は拓己と出かけるはずだった。拓己はきっとまだそれを気にしているのだ。

ひろも拓己と出かけるのを楽しみにしていた。こうして会うことができたのだって、実は少し久しぶりだったのだ。

熱を持った拓己の目と視線が合う。その奥底に揺れる不安そうな色もまた、拓己が滅多にひろに見せることがないものだ。

拓己も心細いのかもしれないとひろは思う。風邪を引いたときや体の調子が悪いときは、心もさびしくなるものだと、ひろも知っているから。

「元気なときにまた行こうね」

ひろはできるだけ明るくそう言った。

すう、と引き込まれるように、拓己が一瞬目を閉じて、また無理やり起きるように目を開けた。

「……変な、夢みる」

「――夢？」

そう問うたのはシロだった。ひろのカーディガンのポケットで、今まで大人しくしていたのだ。

ひろが拓己と一緒にいるとき、シロはこうして二人きりにしてくれることが多くなった。それはシロなりの気遣いなのだと、ひろも拓己もわかっている。

拓己はちらりとシロに視線をやって、わずかにうなずいた。

「溺《おぼ》れる夢。川か海かわからんけど、流されて苦しいて思うんやけど……ここが生きる場所やって、そういう気もする」

そうして力つきたように、拓己は二、三度瞬《まばた》きを繰り返し、ふうと細い息をついてそれきり寝入ってしまったようだった。

この分だと昨日、赤沢のところで何があったのか聞くのは難しいかもしれない。

その眠りが深くなったのを見て、シロが言った。

「水の音と声に、溺れる夢か。ひろ、やはりただの風邪ではないぞ」

うなずいて、ひろは握り込んだ拓己の手をそうっとなぞる。大きな手でごつごつとしていて水仕事も多いからだろうか、少し荒れている。

ひろはこの手が好きだ。

頭を撫《な》でてくれて小さなころから手を繫いで、前を歩いてくれていた拓己の手だ。

だからわたしが守るのだと。

ひろは決意とともに、拓己の手をもう一度握りしめた。

3

そのレストランは蓮見神社のある一角から、東に向けて丘を上がった先、静かな住宅地のただ中にあった。

拓己の所属する『若手会』の先輩である、赤沢充が手がけたレストランの二号店だ。

ランチタイムの終わったこの時間は、ディナーまでの準備中らしく、明かりの落とされたホールの奥の厨房《ちゅうぼう》からは、スタッフたちの明るい声が漏《も》れ聞こえてくる。

南側は一面ガラス張りになっていて、張り出したウッドデッキとその先に広がる庭を一望することができる。そばには石造りのカウンターが設《もう》けられていた。

その一番端の席で、ひろはじっと庭の景色を眺めていた。

芝生《しばふ》の先には大きな池が広がっていて、ゆったりと泳ぐ錦鯉《にしきごい》の尾びれがときおりその水面に波紋を描いている。池を囲むように作られた花壇には、色とりどりのパンジーが青い空に向けて花を開いていた。

「――気に入ってくれたやろか？」

顔を上げると、カウンターの向こう側でコックコートの青年が笑っていた。

赤沢充は今年二十九歳になる青年だ。すらりと高い身長、目は切れ長の一重だが、端だけがやや甘く垂れている。明るい茶色に染められた髪は、後ろで一つにくくっていた。

「こんなお庭を見ながらお食事できるなんて、すごく素敵だと思います」

ひろがそう言うと、充はそのまなじりを柔らかく下げた。

「ありがとうな」

低すぎないその声音《こわね》は、目元と同じでわずかな甘さを感じさせる。この色気のある大人っぽさで、彼もまた女の人に人気があるのだと拓己が言っていたのを思い出した。

カウンターの向こうから手を伸ばした充は、マグカップをひろの前に置いてくれた。コーヒーだった。

「……ありがとうございます」

ひろはマグカップを手に取ったものの、そのまま唇を結んでぐっとうつむいた。いつもならほっとする香ばしいにおいも、今はただ胸が潰れそうで、何も感じられなかった。

ひろは気持ちを整えるように顔を上げた。

「昨日の予約、突然キャンセルしてしまってすみません」

昨日の拓己の予定では、最後に充の店でディナーだったそうだ。

「そんなんええて。拓己から死にそうな声で連絡あって、おれも心配してたんや」

カウンターを挟んで、充が自分もコーヒーをすすりながらひろのほうを向いた。

「拓己……大丈夫なんか?」

ひろは一瞬息を詰めて、そうして首を横に振る。

あれから一晩明けても拓己の熱は下がらないままだった。

ひろはしばらくカップに視線を落として、やがて意を決して顔を上げた。

「一昨日、赤沢さんのところに拓己くんが車を取りに来たと思うんです。……様子がおかしくなったのはそれからだって」

それで、とひろは間を空けて、ぽつりとつぶやいた。

「たぶん……ただ疲れてるとか、風邪じゃないと思います」

充の眉根がわずかに寄ったのがわかった。

「——一昨日、拓己がうちに来る前か、来たあとに、なんか原因があるんとちがうかってことやな」

ひろは唇を結んだままうなずいた。充ならなにか知っているかもしれないと思って、ここを訪ねたのだ。

充がふと窓の外、その先に広がる庭に視線をやった。池の中島には整えられた庭にそぐわない、朽ちた木が一本そのままになっている。

その根元から、ひょろりと細く弱々しい若木が伸び上がっているのが見えた。

紅葉《もみじ》の木だった。

充は去年の秋、新店を立ち上げるためにこの古い屋敷を買い取った。だが庭で妙なことが起きるのだと相談を受けたのが拓己とひろだ。

その原因になったのが、池の中島に一本、ぽつりと残された古い紅葉の木だった。結局、紅葉は枯れ果てて朽ちてしまったが、その命は細い若木が継いでいる。

充はここで、この若い紅葉を育てると言った。

——この土地では不思議なことが起きる。それはときに人の生きるすぐそばで。

ひろはずっとその不思議の身近で生きてきたけれど、知らない人がそのことを受け入れるのは難しいということも、すべて理解する必要がないこともわかっている。

充は去年その不思議に出会い、そして受け入れると決めた人だ。

そこにはきっと葛藤《かっとう》と、強い覚悟があったのだろうとひろは思う。

コーヒーのマグカップをカウンターに置いて、充は再びひろのほうを向いた。

「でも一昨日拓己がうちに来たときは、別におかしいことあらへんかったけどな。車取りに来て——ああ」

ふと充が顔を上げた。

「コンビニで買い込んだていうジュース、いっぱい持ってたわ」

充がほら、と視線を外に投げた。その先には住宅街が広がっていて、高い場所に緑色のネットが空を覆っているのが見える。そこに小学校があるのだ。

「春休みに、蔵の見学に来た小学生と仲良くなったんやて。その子らがこのへんの公園でサッカーの練習してて、ここまで来たついでにその応援に行くて言うてた」

ひろはぽかんとしてしまった。

「……拓己くん、小学生にもモテるんだ」

相変わらず四方八方に人気のある人だ。複雑な気持ちになっていると、目の前で充が噴き出した。

「あはは、ほんまにそうやな。あいつ誰にでも優しいからな」

「……みんな、拓己くんのことを好きになるんです」

わたしは今、どんな顔をしているのだろうとひろは思う。仕方ないなあ、なんて余裕を持って優しく笑えているだろうか。

拓己の優しさに触れる人がみなうらやましいなんて。

馬鹿《ばか》みたいな考えが顔に出ていませんようにと、必死に顔を引き締めた。

カウンターに頬杖《ほおづえ》をついて、充がふ、と口元だけで笑った。

「おれにできることあったら言うて。おれもあの後輩、好きになっちゃった一人やから」

冗談めかしてそう言う充は、もしかするとひろのこの複雑な葛藤に気がついているのかもしれない。

クローズの札がかかった店のドアを開けてくれた充が、ひらりと手を振って、そうして付け加えるように言った。

「あのさ、ひろちゃん。確かに拓己のことは、みんな好きになっちゃうんやろ。でも――」

ふと口元に浮かんだそれは、余裕たっぷりの大人の笑みだった。

「――拓己が好きや言うんは、一人だけなんとちがう？」

ああ、やっぱり全部見透かされている。

口を何度か開けて閉じて、ひろは真っ赤な顔を隠すように、充の店を飛び出したのだ。

その公園は赤沢の店からやや南に下ったところにあった。道路から十段ほどの階段を下りた先にあり、時計と水飲み場があるくらいのもので、空き地といってもよさそうだった。敷地を囲むように低いフェンスが、その手前には桜が植えられている。季節を先取りしたようにほろりと一つ花がほころんでいるのを見つけて、ひろはうれしくなった。

白色の中に淡い赤が滲む、ソメイヨシノだ。

その公園から道路に繋がる階段に、小学生たちが輪を作って座っていた。

五年生か六年生ぐらいだろうか。足元にそれぞれ鞄《かばん》を投げ出して、そのそばにはサッカーボールが一つ転がっていた。

彼らが充の言っていた小学生たちだろうか。

声をかけようか迷っていると、うちの一人がぱっと顔を上げた。スポーツメーカーのロゴが入った黒いキャップをかぶっている。

その子どもがじっとひろの顔を見て、やがて思い出したかのように笑顔になった。

「――あ、拓己くんの彼女さんや」

ひろは目を見開いた。別の子がキャップの子に問う。

「知り合いなん？」

「うん。うちの近くの神社の人。拓己くんの彼女さん」

彼はうなずいてひょいと階段から立ち上がった。

その少年は、飯山凪《いいやまなぎ》と名乗った。

確かにひろにも見覚えがある。清花蔵の近所の小学生で、地蔵盆《じぞうぼん》や蔵開けのイベントのときに手伝いに来てくれた子だった。

小学生たちの、興味津々《しんしん》といった視線が突き刺さってくるのがわかる。

ひろは思わず逃げ出したくなった。もともと人見知りで引っ込み思案の性格は今もそう変わらない。それがたとえ小学生相手でも緊張するのだ。

「こんにちは、飯山くん」

「うん、こんにちは」

緊張しきっている自分より、ぺこりとキャップを取って頭を下げてくれた凪のほうがよほど大人っぽく思えて、ひろは少し情けなくなった。

凪と彼らは、小学校のクラブ対抗試合で出会ったサッカー仲間だそうだ。春休みの宿題のために、凪が清花蔵の見学に誘ったのがきっかけで、みな拓己と知り合ったのだという。

酒蔵の見学は子ども向けのコースも用意されていて、最後には甘酒なども振る舞われている人気の社会見学だ。

凪とその友人たちは人なつっこく、清花蔵の酒蔵がどれだけ大きくて働いている蔵人たちが格好よく見えたか、口々に話してくれた。

やがて話が途切れたのを見計らって、ひろはぐるりと彼らを見回した。

「聞きたいことあるんだけど、いいかな」

凪が代表してうなずいてくれる。

「一昨日、拓己くんがここに来たと思うんだけど、そのときに飯山くんたちもいた？」

その瞬間、子どもたちがそろって顔を見合わせた。それは奇妙な沈黙で、誰が話すのかと互いをうかがっているようでもある。

しばらく仲間内で視線を交わしたあと、凪がひろに向き直った。

さっきまでの溌剌《はつらつ》とした表情はどこかへ行って、今は困ったように眉を下げている。

「……うん。あのさ」

凪が一瞬ためらうように視線をそらして。

「拓己くんは……元気……？」

そうして今にも泣き出してしまいそうなほど、くしゃりと顔を歪めたのだ。

――幽霊屋敷って知ってる？

そう問われて、ひろはきょとんと首をかしげた。

「……あそこ」

凪がちらりと視線を向けた先は、公園の西側だ。

フェンスの向こうにやや高いブロック塀が伸びていた。茶色がかって見えるのは、あちこち苔《こけ》むしているからだろうか。庭の木々は伸び放題になっているのだろう、冬枯れの枝が塀を越えてこちら側にごそりとあふれていた。

その向こう側に屋根が見えた。周囲の住宅より少しばかり高いから、三階建てだろうか。おそらく長い間誰も住まず手入れもされていないのだろう。昼間でも鬱蒼《うっそう》とかげって見えるそこは、確かに小学生にとって格好の怪談話のネタになりそうだった。

「あの幽霊屋敷は、うちの小学校でも七不思議になってるんや」

ぶるっと身震いしたのは、凪の仲間の一人だ。

「夜になったら人影が見えるとか変な声が聞こえるとか、いろんな話がある。なんやずっと前に病気の女の人が住んでて、その女の幽霊が出るんやって！」

輪の中からおお、とも、うわ、ともつかない声が響く。恐れ半分、興味半分といったふうで、目の奥には子どもらしい好奇心が輝いている。

凪がふと真顔になった。

「……でも、蓮《れん》がさ」

そう言った途端、みんながまたしん、とうつむいた。

「蓮？」

「うん。おれたちの仲間。木ノ島蓮《きのしま》ていう」

木ノ島蓮は、仲間内で一番体が大きくて、サッカーも上手《うま》いのだと皿が言った。

「蓮が、幽霊屋敷にボール蹴っちゃったんや」

それが一昨日のことだ。

いつもの通り練習をしていた皿たちだったが、たまたま蓮が強く蹴り上げたボールが、吸い込まれるように幽霊屋敷に飛びこんだ。ガラスが割れるような派手な音はしなかったから庭に落ちたのだろうか。

困っていたときにちょうど、拓己がやってきた。

「それで……拓己くんが、蓮と一緒に幽霊屋敷に行ってくれたんや」

人が住んでいるようには見えないが、近所の人が管理しているかもしれない。子どもだけよりも大人がいるほうが話が早いだろう。

そう言って、拓己は蓮を連れて様子を見に行ってくれたのだ。

拓己と蓮はしばらくして戻ってきた。蓮の手には蹴り込んでしまったサッカーボールが抱えられていた。

その二人の話を聞いて、凪たちは薄気味悪く思ったそうだ。

「あそこ人が住んだはったんやて。それで、ボールを探すの手伝ってくれたらしい」

そうして凪がぽつり、とつぶやくように言ったのだ。

「それから……蓮がおかしなった」

昨日、蓮は公園に来なかった。家に呼びに行った凪たちに、蓮の母親が困ったように言ったそうだ。

蓮は前日に、公園から帰ってきてから熱が下がらない。寝込んだままずっと何かにうなされているのだ、と。

ひろは息を呑《の》んだ。

「……拓己くんと一緒だ」

やっぱりだ、と小学生たちが顔を見合わせてざわついた。

「蓮も拓己くんもきっと……幽霊屋敷に呪われたんや」

ひろは怪訝そうに眉を寄せる。

「呪われた?」

「うん。蓮にちょっとだけ会わせてもらえたから、おれたち……話聞いてきたんやんな」

凪が同意を得るように周りを見回すと、彼らも次々にうなずいた。

自分の部屋のベッドに寝ていた蓮が、苦しそうに息をしながらそう言ったのを、彼らは確かに聞いたのだ。


――おれ、あかんことした。……幽霊に呪われたかもしれへん。


しん、とあたりに沈黙が下りる。

小学生たちはみなそれぞれうつむいていて、得体の知れない何かにひどく怯えているようにも見えた。

凪が階段に放り出していた鞄の中から、小さな巾着袋を取り出した。いつもは給食セットを入れているのだという、青い布製の巾着袋だ。

「……それでおれたち、蓮からこれを預かった」

中には木の欠片《かけら》が入っていた。

ひろの手のひらにちょこんとのってしまうくらいの大きさで、表面はつるりと磨き上げられている。

何かの破片のようだが、人の手が加わっているのは間違いないとひろは思った。

破片には、弧《こ》を描くように細い模様が何本もずらりと並んでいたからだ。魚の鱗《うろこ》のように見えるそれは、人の手で彫り込まれたものだった。

そのときだった。

——ぱしゃり……。

ふいに、ひろは目を見張った。

今のは、水を跳ね上げる音だ。

ごぽ、ごぽ、とつづく鼓動のようなそれは、水の中を気泡が立ち上っていく……拓己のそばで聞こえた音と同じだった。

——かえ、り、たい。かえりたい。

声が聞こえた。

反響してひどく聞き取りにくかったが、水の音に混じって、確かにひろの耳に届いた。

凪が巾着袋をぎゅっと握りしめた。

「蓮は言ってた。庭に木の塊《かたまり》があって、何かの彫刻みたいやったたって。ボールを探してる途中でぶつかって……ちょっとだけ壊しちゃったんやって」

そうして怖くなった蓮は壊したこの欠片を、とっさに幽霊屋敷から持って帰ってきてしまったのだ。

具合が悪くなったのはそのすぐあとで、だから呪われた、と蓮は言ったのかもしれない。

――この欠片を元に戻さなきゃ。

震える声でそう言ったのは、凪だった。

「壊しちゃってごめんなさいって。ちゃんと返すから、もう蓮と、あと拓己くんを呪うのを止めてくださいって……おれたちが言いに行くんや」

ひろは塀の向こうに見える幽霊屋敷を見つめた。そしてひどく怯えながらも、友だちを守るのだと強い意志を持っている彼らを。

ひろは少しかがんで、凪と視線を合わせた。できるだけ安心させるように、ぎこちなくても微笑んでみせる。ひろもまた彼らからすれば一人の立派な大人だ。

「わたしがこれを、屋敷に返してくるよ」

小学生たちが、驚いたようにいっせいにひろのほうを向いた。

「……幽霊がいるかもしれへんのやで。呪われるかもしれへん！」

「大丈夫」

ひろだって拓己のように、彼らからの信頼に応えたいと思う。それに、と、ひろは凪がおずおずと差し出してくれた巾着袋を受け取って、つぶやいた。

「わたしもみんなと一緒。拓己くんを助けたいんだ」

ざわりと風が吹き抜ける。

夕暮れ時を迎えようとしている空が、屋敷の屋根を燃えるように赤く彩っている。

——それが、ひろがあの屋敷に導かれた最初だったのかもしれない。

その風の向こうにひろは確かに聞いたのだ。

それまでの声とは違う、どこか透明感のある柔らかな声だ。ほんのかすかな、けれど泣きたくなるほどの切なさをはらんでいる。


——きみと、あかつきのそらに。

その正体と声の意味を、ひろはずっとあとで知ることになる。

4

見上げた曇《くも》り空は、どこか淡く光をはらんでいるように見える。

そこから春の雨がはらはらと舞い落ちていた。いっそ霧といってもいいような細かく軽い雨粒が、風に吹かれて再び空へ舞い上がっていく。

ひろは静けさで肺を満たすように、ゆっくりと息を吸った。

宇治川派流の流れは、一足早くに咲いたユキヤナギの花びらを、緩やかに押し流していく。水面に散りばめられた白い花びらは、まるでモザイクタイルを敷き詰めたようだった。

「──このまま、ずっとここを歩かないか？」

ふいに聞こえたその声は、硬質な冷たさを含んでいた。

差した傘を上げて隣を見上げると、月と同じ色の瞳がひろを見下ろしている。

人の姿のシロだ。

透き通るような白色とも銀色ともつかぬ髪は肩に届くほど。気だるげに薄く開かれた目の奥には、金色の瞳がのぞいている。

いつもは蓮《はす》の紋様が入った薄い藍《あい》色の着物を纏《まと》っているが、今日はデニムに薄いニットの洋服姿だった。傘も差していないのだが、どういうわけか一向に濡れる気配はない。

子どもたちと話した翌日、件《くだん》の幽霊屋敷を訪ねると言ったひろに、シロが人の姿でついてきてくれたのだ。

そのままの姿では目立つからと、拓己の部屋から勝手に洋服を借りてきたらしい。胸元や腕が拓己に比べてやや薄いシロは、その部分の服があまっているのがどうにも気に食わないようで、先ほどからしきりに気にする素振りを見せていた。

――幽霊屋敷に向かうついでに、派流に立ち寄ろうと言ったのはシロだった。

蓮見神社のほど近くに、宇治川派流という細い川が流れている。安土桃山《あづちももやま》時代に舟運の要《かなめ》として整備された人工の川だ。かつては伏見港を経《へ》て、大阪へと荷を運んでいた。

左右には季節の草木が植えられていて、細い川を覆うように枝を伸ばした桜は、その花が開く瞬間を、今か今かと待ち望んでいるようだった。

周囲を見渡しても、ひろたち以外だれも歩いていない。春の雨が、ゆったりと流れる水面に溶ける音すら聞こえるほど、静けさに満ちていた。

「ひろは、こういうものが好きだろう？」

シロがひろに話しかけるときは、その声音は蜂蜜《はちみつ》を煮溶かしたように甘い。

シロはいつもひろのことを優先してくれる。

ひろの好きなものを、ひろの好きな場所を。

「ひろがいいだけ、ずっとここにいたっていいんだ」

そしてそのそばにはきっと、いつだってシロがいてくれる。

シロは辛いこと、悲しいこと、苦しいこと、そして煩《わずら》わしいことのすべてから、ひろを守ろうとしてくれているようだった。

「ありがとう、シロ」

でもそれではだめなのだと、ひろは知っている。

ひろはどうしたって人だから、どれほど辛く困難でもときに動くことができなくなっても、自分に与えられた道を歩き続けていかなくてはならないからだ。

だから決意を込めてひろは言った。

「行こう、シロ」

見上げた先でシロが笑っている。その大きな手がひろの髪を梳《す》いた。

「ああ」

そうして少し残念そうに、けれど何かとてもまぶしいものを見るように、その金色の瞳をきゅうと細めてみせるのだ。


――間近で目《ま》の当たりにした幽霊屋敷は、確かに七不思議になってもおかしくないな、と思うほどのありさまだった。

苔むしてボロボロになったレンガ造りの門柱から、風雨にさらされてすっかり錆《さ》びた鉄の門が伸びている。鍵はかかっていないのかすでに壊れたのか、人ひとりが通れるほどの隙間が空いていた。

鬱蒼と木々が茂る庭は下草を踏みしだいたあとがある。まだ新しいから、少し前にここを訪れたという拓己と蓮のものかもしれない。

その奥――木々にのみ込まれるように、三階建ての古い洋館が静かにたたずんでいた。

かつては壁は白色、窓枠やテラスの柵、柱は鮮やかな緑で塗装されていたのだろう。

今はあちこち剝げて地が剝《む》き出しになっている。そのほとんどが、冬枯れのツタに覆われていた。

上部が半円になった窓の、やや歪んで見えるガラスが一枚も割れていないのが不思議なぐらいだ。窓はどこもカーテンがきっちりと閉まっていた。

人の気配はない。

ひろは思い切って声を張り上げた。

「こんにちは！」

しばらく待ってみるけれど、誰も出てくる気配はなかった。

ひろは一度シロを振り返って小さくうなずくと、意を決して門の隙間から屋敷の庭に足を踏み入れた。

庭はどれほど手が入っていないのだろうか、半ば自然に還ってしまっていた。枯れた下草から柔らかな新芽が伸びていて、踏むたびに雨の雫《しずく》が散った。
外の喧騒は聞こえない。ただ、雨の音だけがはらはらとかすかに響いていた。
ひろはふいに顔を上げた。
その静けさの中に妙なざわめきを感じたからだ。
シロが隣《となり》で不愉快そうに眉を寄せていた。
「……気配の多い屋敷だな」
雨音に混じって声とも喧騒ともつかぬ音が聞こえるような気がする。たくさんの人か
……そうではないものがいる。
そういう気配だった。
嫌なものではないが、落ちつかない。ひろが怪訝そうにあたりを見やったときだった。
「──誰かな」
男の人の声だった。例えるなら今日の雨のようなしっとりと落ち着いた声だ。低すぎず
高すぎず、すっと耳に入ってくる。
振り返った先には、けれどシロの背中があった。
「お前こそ誰だ」
険のあるシロの声に、彼がふと笑った気配がした。

シロの背から顔を出すと、その人は雨の中、傘も差さずにたたずんでいた。

シロより少し背が低い。光を吸い込むような黒い髪に一筋、染め抜いたような赤が交じっている。口元は柔らかく微笑みを浮かべていた。

優しそうに弧を描く目のその奥、瞳の色に、ひろは思わず息を呑んだ。

鮮やかな緑——光の当たり方で緩やかに色の変わる翡翠《ひすい》色だ。

「ひろ、気をつけろ」

シロの言葉にひろは身を硬くした。目の前の人の、そのどこか淡い気配がはっきりとものがたっている。

目の前のこの彼はたぶん——人ではないものなのだと。

——彼はその瞳の色と同じ、ヒスイだと名乗った。

「きみは大池の主だろう」

笑みをたたえたまま、その瞳がシロをちらりと見やる。

シロは京都の南にかつて存在した、巨椋池——大池を棲み家とする水神だった。京の水と川を司《つかさど》り、かつては荒神として恐れられ祀《まつ》られたものでもある。

かつての名を指月《しげつ》。

京の人ならざるものであれば、知らないものはいないのだという。

シロはそれに答えないまま、金色の瞳を細く眇《すが》めた。

「お前は何だ？」

ヒスイの気配はどこか希薄だとひろも思う。この屋敷に満ちているかすかな喧騒の一つだろうか。気配の輪郭《りんかく》がはっきりしない。

ヒスイは一つ笑った。まるで張りつけられた笑みのようだった。

「この屋敷に住んでるんだ。もうずいぶんになるかな」

答えになっていないそれのあと、怪訝そうにシロとひろを交互に見やる。

「大池の主と、人間の子がこの屋敷に何か用かな」

ひろはカーディガンのポケットから、青い巾着袋を取り出した。中の木片を慎重に手のひらにのせる。

「これを返しに来たんです」

数日前、ここにサッカーボールを蹴り込んだ小学生がいた。付き添いである大人とともにボールを回収しに来て、そのときにどうやら庭にあった彫刻を壊してしまった。そして怖くなって、その破片を持ち帰ってしまったのだ。

そう伝えると、ヒスイはわずかに眉を上げた。

「ああ、確かにいたね」

やはり蓮と拓己を屋敷の中へ入れてくれたのは、ヒスイだったのだ。

彫刻を壊したこと、勝手に持ち帰ってしまったことをひろが謝ると、ヒスイは軽く手を振った。

「いいよ、もう古いものだしね。あの日ボールが転がっていたところだろう。たぶん奥だろうから一緒に来るかい?」

ヒスイは微笑んで、先導するように前を歩き出した。

――この屋敷は三十年ほど前まで、ある彫刻家のアトリエだったのだとヒスイは言った。

なるほど、とひろが納得したのは、庭の奥に進むにつれて妙な彫刻があちこちに転がっていたからだ。

素材は丸太や石や流木で、それらをそのまま使ったりいくつか組み合わせていた。だがどれも風雨にさらされて崩れたり朽ち始めている。

放置されてからずいぶん時間が経っているように思えた。

「その人は、今は……」

ひろが問うと、ヒスイがふと息を詰めたような気がした。

「――……死んだよ」

どきりとするほど冷たい声音だった。

ひろは視界の端で何かがちらりと動いたような気がして、ふいに立ち止まった。

それは最初、石の塊だと思った。

彫刻だと気がついたのは雨に洗われた石の表面に、自然にはできない陰影が刻まれているのが見えたからだ。菜の花の彫刻だった。

その花に羽を閉じて止まる蝶々《ちょうちょう》が刻まれている。

ふるり、と。

ひろの目の前でその蝶々が身じろいだ。

「……動いた」

視線の先でまるで命を得たように、灰色から鮮やかに色づいた羽にまとわりつく雨を、はらはらとふるい落としている。

ゆったりと羽を広げる。

黒い羽に金糸を織り込んだような美しい紋様が浮き上がる。

飛ぶ、とそう思った瞬間。

蝶々はふと羽を畳んで、元のように静かに石の中に戻った。

息を呑んでじっと目を凝《こ》らしても、今はもう灰色の石の表面を雨が濡らしているだけだ。

「見えたかい？」

顔を上げた先でヒスイが笑みをたたえている。ひろは呆然《ぼうぜん》としてうなずいた。

「あの人の彫刻には……命が宿るんだよ」

ヒスイが言った。

ああそうかと、ひろは目を見開いた。

屋敷に満ちるこのかすかな、ざわめきにも似た気配の正体を、ようやく知った気がした。

これは彫刻だ。

石の蝶々のように、命の欠片を宿した彫刻たちの気配だったのだ。

「……そいつの名前は」

問うたのはシロだ。金色の瞳が真剣な眼差《まなざ》しでヒスイをとらえている。

「雀《すずめ》」

ヒスイは、その人の名前を、まるで歌うようにつぶやいた。

「彼女の名前は、吉楽《きちらく》雀だ」

ほんのわずか、シロは息を呑んで。

「――……ああ、なるほど」

そうしてどこか懐かしそうに、その金色の瞳を細めたのだ。

――まだここが、京《みやこ》と呼ばれていたころ。

町中に一人の絵師が住んでいた。錦絵《にしきえ》の下絵や襖絵《ふすまえ》を手がける町絵師だった。

彼の名前は、吉楽飛助《とびすけ》。

この冬、ひろはその名前をシロから聞いた。

かつてのシロの……友人とも呼べる人間だったそうだ。

「吉楽家の血を持つものは、どうやらそういう力が宿ることがあるらしい。あいつもそうだった」

吉楽家はかつて、朝廷や御所に勤める古くからの絵師の家系であった。もとより緻密《ちみつ》な絵を描く家系であったらしいが、ときおり飛助のように、描いたものに命を宿す力を持ったものがいた。

飛助の時代から二百年あまり。

吉楽雀も、その血を継ぐものだ。

——風が吹いた。

「わっ」

ひろの手から傘が転がり落ちる。雨が散り、髪が風に吹かれてくしゃりと靡《なび》いた。

ざわり。

その風に呼び起こされるように、屋敷中の気配がいっせいに目を覚ました。

石に彫り込まれた蝶々は羽ばたき、流木に刻まれた柳の枝は風もないのにゆらゆらと揺らぐ。その先端に止まっていた蛍《ほたる》がぽつりと一度瞬《またた》いた。

池の中では、敷石に彫り込まれていた鯉《こい》がばしゃりと水を跳ね上げる。そのそばを三毛猫が悠々と通り過ぎて、池に架かる橋の欄干《らんかん》に吸い込まれていった。

ぱたり、ことり、ぺた、ぺた、……こつ。

何かが這いずり回る音、走り回る音、身じろぎ羽を広げ空を叩く音。小さな呼吸、水を跳ね上げて、ごぽり、と沈む水音。

様々な音が風とともに一瞬で通り過ぎて——。

やがてまた、しん、とその淡い気配だけを残して幽霊屋敷は静まりかえった。

欄干の猫が一瞬ぱたりと尾を振ったのが見えて、ひろは目を丸くしていた。

「……すごいね」

本当に生きて命が宿っている。

「あいつの屋敷もそういえば、こんなふうだった」

シロが肩を震わせてそうつぶやいた。笑ったようだった。

——ヒスイの案内してくれた庭の隅《すみ》に、その一抱えほどの彫刻は無造作に転がっていた。

それはいくつかの流木を組み合わせて作られた、三《み》つ叉《また》に分かれた大きな木の彫刻だ。

表面はずいぶんとくすんでいて、黴《かび》と苔に侵食されている。触れればそこからボロボロと崩れ落ちそうだった。

だがひと目で見事な彫刻だとわかった。

その枝はとうとうと流れる川の姿だった。先端に向かって緩やかな線が彫り込まれ、飛沫《しぶき》を上げているさまがありありとわかる。

ぽこりと盛り上がった瘤《こぶ》は川面《かわも》に顔を出す大きな石、途中からささくれのようにはえている細い枝は流れ下る流木だ。

濃い水のにおいがした。

ごぽり、と溺れそうなほど水の気配が満ちていく——。

川の流れる音がする。木の枝に波紋が浮き飛沫が上がり、鮮やかに色づいていく。

ひろは息を呑んだ。

まるで流れ下る清流そのものを切り取ったように見える。

これが吉楽雀の彫刻なのだ。

その彫刻の川を何かが泳いでいた。ゆったりとした流れに身を任せるその姿に、ひろは目を見張った。

きらりと何かが光る。

鱗だ。虹色の鱗をきらめかせた大きな魚が、流木の川をどうどうと泳いでいる。

声が聞こえた。


かえりたい。かえりたい……。


この声だ。ひろの手の中で、拓己の、そしてきっと蓮のそばでも聞こえていたのだろう。泳いでいた魚は木の先端までやってきて、その身をぱっと躍《おど》らせた。

「──ひろ」

はっとひろは我に帰った。シロが引き戻すようにひろの肩に手を置いて、ぐっと力を込めていた。

今まで間近に聞こえていた川の音は遠ざかり、静けさと雨の音が戻ってきている。

「ずいぶん、見入っていたな」

「……うん」

ひろは知らず知らずのうちに詰めていた息を、ほうと吐き出した。

目の前では分かれた三つの枝の真ん中、その先端から、一匹の魚が身を躍らせていた。

鱗が規則正しく並び、陽光を反射するその光までもが彫り込まれている。

その尾びれが欠けて、ささくれのような木くずが露出していた。そこが蓮が壊してしまった場所なのだろうとわかった。

ひろは手元の小さな欠片をそうっとそこに当てはめた。

「ごめんなさい。勝手に持っていっちゃって」

蓮がこの彫刻を壊してしまい、欠けた破片を持ち帰ってしまった。命の宿る彫刻だから、ばらばらになった体を元の場所に返してほしかったのだろう。

だから蓮とその場にいた拓己に、縋るように手を伸ばしたのかもしれない。

けれどそれは二人にとっては毒のようなもので、今も彼らは溺れる夢の中で熱に浮かされている。

だからこれで、二人を返してほしい。

ひろが心の中でそう祈ったときだ。

――かえりたい。

「……え」

縋るような声は止まらない。

困惑するひろの視界を――ごぼり、と水が埋め尽くした。

溺れてしまうかと思った。必死に手を伸ばす。

水面を割って顔を出して――。その先の景色を、確かにひろは見た。

美しく流れる川面、陽光が揺らめいて風に吹かれて砕け散る。青い空の左右にそびえるように山肌が迫っている。

春は桜、夏は瑞々《みずみず》しい青葉が、秋には紅《くれない》に色を変え、冬は白銀に埋もれる。

そこが、帰る場所だ。

……は、とひろは何度か目を瞬かせた。目の前には雨の庭が広がっている。まるで一瞬の夢から覚めたような心地だった。

「……ここじゃないみたい」

ひろは思わず、そうつぶやいていた。

帰りたいのはこの場所じゃない。声はそう言っている気がした。

視線の先で、ヒスイが一つ息をついた。

「すごいね。きみは彼の声が聞こえるんだね」

ヒスイはその彫刻のそばにしゃがんで、いたわるようにそうっと魚の鱗を撫でた。そういえばこの人も雨に濡れないのだなと、ひろはそう思った。

「雀は彫刻に命を吹き込んだ。それはほんの少しだけれど、きっとその分だけ描いたものから命の欠片をもらうということなんだ」

ふ、とヒスイの瞳が空を向く。

一瞬、何かにひどく焦《こ》がれているように見えた。

「雀は美しい自然の景色が、何より好きだった」

美しい景色を見つけると、雀は目に焼きつけるように何時間でもじっとたたずんでいる。そしてアトリエに戻って、自然の素材にその姿を映し出すかのように彫り込んでいくのだ。

そうして彫られた作品には、美しいものの命が宿った。まるで雀が自然の中から連れて帰ってきてしまったかのように。

「彼も雀が連れてきてしまったんだ。だから……元の場所に帰りたいのかもしれないね」

立ち上がってこちらを向いたヒスイは、今までと同じ張りつけたような笑みを浮かべていた。ほんのわずか見せたあの表情はどこにも残っていない。

気のせいだろうか。それともそこにはまだ踏み込めないのだと、そう言われているのだろうか。

ひろはぐっと唇を結んで、足元の彫刻を見下ろした。

「この彫刻をいただくことはできますか？　お金は……どうにかお支払いします」

ヒスイが首をかしげた。

「そんなの別にいらないよ。ほとんど壊れてるし……でも持って帰ってどうするの？」

その声はいまだ、ひろの耳に囁《ささや》き続けている。

かえりたい。かえりたくてたまらない。ここは苦しい——空気に溺れそうだ。あの美しい場所にかえりたいのだと。

「元の場所に返します」

ひろはきっぱりとそう言った。

「……別に、きみには関係ないんじゃない？」

ヒスイの口の端がうっすらとつり上がる。ひろのかたわらで、シロが舌打ちしたのが聞こえた。

「ひろ、いい。持って帰ろう。お前が好きにすればいい」

酷薄《こくはく》な光がその金色の瞳に滲んでいる。本当ならシロは、この場所もヒスイもひろ自身も思うままだ。

かつてシロが棲んでいた場所は失われてしまったけれど。それでも、この地を統《す》べる水神はシロなのだ。

ひろはあわててシロの腕を制した。

「シロ、だめだよ。これは吉楽雀のものだから」

シロがむっとした顔で眉を寄せた。

「だからどうした。ひろがほしいのなら、ひろのものにすればいい」

「それはだめなの」

シロはどこまでいっても神様だ。ほしいものは己のものにする。そういう、人間と決定的に違うところがあるのを、ひろも知っている。

でもそれではだめだと、ひろはヒスイに向き直った。

「この声にとりつかれて、わたしの大事な人がすごく苦しい思いをしています。わたしが助けたいんです」

それに、と。ひろは小さく肩をすくめた。

「……聞いちゃったので」

ひろは人ではないものの声を聞く力を持っている。それはもともと持っていた祖母の血筋が半分。残りの半分はシロとの約束で与えられたものだ。

ひろをほしいと願った、シロの力だった。

だからこの力で、人とそうではないものの想いに手を伸ばすことができるなら。それを拾い上げてやりたい。

それがひろに与えられた役目だと思うから。

「帰してあげたいんです。彼が一番息のしやすい場所に」

ヒスイがほんの少し、目を見開いた。

川の流れる音が、耳の奥で谺《こだま》した。

5

バスを降りて、その空気の冷たさにひろは目を見張った。

京都の北西、嵐山《あらしやま》のさらに北に清滝《きよたき》という場所がある。清滝川の流れる美しい山間《やまあい》の町だ。愛宕山《あたごやま》のふもとに位置し、愛宕神社へ向かう登山道の入り口としても有名な場所だった。

清花蔵のあたり、伏見ではそろそろ桜のつぼみのほころぶ時季だが、ここにはまだ空気にキンと刺すような冬の名残がある。

大きく息を吸う。肺の奥にひやりとした空気が流れ込む。

けれどその中に青いにおいがした。色濃い冬の気配に負けない、春が萌えるにおいだった。

「……寒いなあ」

　ぽつりとしたその声を聞いて、ひろはあわてて隣を見やった。

「拓己くん、大丈夫？　冷えない？」

「風邪引いてたわけやないから、大丈夫」

　拓己は、それでもいつもより厚手の、グレーのスプリングコートを羽織っている。拓己の体格でもごそりと泳ぐような大きめのコートは、今年拓己が新調したものだった。

　柔らかい瞳がちらりとひろを見下ろした。

「元気になったんも、ひろのおかげやな」

　ひろはくすぐったくなって、でも少しばかり誇らしいのも本当で、むずむずと口元をほころばせる。

　――あの幽霊屋敷で、ひろはその彫刻を前に〝彼〟と約束をした。

　必ずあなたを元の場所に連れていく。

　だから――大切な人を返してほしいと。

　拓己の熱が下がったのはその夜。凪からも連絡があって、蓮も元気になったと教えてくれた。

　拓己があたりをぐるりと見回した。

「ここでほんまに合ってるんか？」

たぶんとうなずいて、ひろは先に立って細い坂を下っていく。

雀の彫刻には、雨に打たれて消えかけのかすかな文字が刻まれていた。

――清滝にて、と。

「清滝川って、山のほうから桂《かつら》川までずっと伸びてるみたいなんだけど――」

ひろは山間を指して川の下るほうへ視線を振った。

清滝川は山間を流れ、保津峡《ほづきょう》と呼ばれる渓谷《けいこく》で合流している。その先は京都有数の観光地である嵐山に、桂川として流れ込んでいた。

「あの日幽霊屋敷で見た景色は、確かにここだった」

見上げると左右をそびえる山に挟まれた、美しい空が広がっている。流れる川の音が心地よく響き、四季折々に色づく山をその水面から眺めている。

それはきっと吉楽雀に彫り込まれた彼の、大切な記憶だった。

ひろはポケットから青い巾着袋を取り出した。それは彫刻の魚の、尾びれの一部だ。

本当は全部抱えてくるつもりだった。流木の彫刻は軽く、ひろでも抱え上げられそうだったがなにぶんひどく脆《もろ》かった。

だからそのひと欠片を、大切にここまで持ってきたのだ。

――……ごぽり、ごぽ……。

その欠片からは、水の音が聞こえる。

――もうすぐ。もうす、ぐ。


そのかすかな声が、この小さな欠片にも命が宿っているのだと教えてくれた。

山間の道をしばらく歩くと、朱色の美しい橋が現れる。その横から川縁《かわべり》に降りると、冬の色を残す雪解け水が、凍りつくような冷気を纏ってとうとうと流れていた。

ぱしゃりと岩に当たって水が跳ねる。

その飛沫が陽光にちかちかと光って、宝石を砕いたような美しさだった。

ひろは彫刻の欠片を握りしめた手をそうっと差し出して、水面の上でゆっくりと開いた。

ころりと手の中から転げ落ちたそれは――。

水面にたどり着く寸前に、ぱしゃり、と水を跳ね上げた。

それは、ひろの身の丈ほどもある大きな魚だった。

鱗は陽光と同じ透き通るような金色。尾の先まで美しく並んでいる。銀糸を織り込んだ布をひらめかせたような胸びれが、水の流れにゆらゆらと浮かんでいた。

――た、だいま。


ざわりと風が吹く。木々が揺れる。

陽《ひ》が当たった先から春があふれる気さえした。

自然のすべてが、彼の帰還を喜んでいるようだった。

「この川の主だったのかな……」

ひろはす、と背を伸ばした。

彼はきっとしばらくこの清流を堪能《たんのう》して――やがてこの川のどこかにまだ棲んでいる、自分の本体のところへ戻っていくのだろう。

山間から光が差し込んでいる。

その清滝川の姿は、あの幽霊屋敷で見た雀の彫刻そのものだった。彼女は、本当に自然の姿を写し取ってしまったのだ。

ひろは会ったこともない吉楽雀のことを思った。

彼女もかつて、この景色の美しさに魅入られたのだろう。

そして――……ひろは今、同じ美しさを見ているのだろうか。

「――ろ……ひろ」

呼ばれて、ひろははっと顔を上げた。ずいぶんと長い間、ぼんやりと見入っていたらしかった。

「わ……ごめん、ぼんやりしてた」

「いや……」

拓己の顔に心配そうな色が落ちているのを見て、ひろは首をかしげた。

「どうしたの、拓己くん？」

「ん。何でもない――帰りに嵐山寄って帰ろうか」

拓己がコートのポケットから出した手で、そっとひろの手を取った。ぎゅ、と握りしめられてどきりと鼓動が跳ねる。

「でも拓己くん、休んだほうがよくない？」

「だから風邪やあらへんよ。もう元気になった」

それよりほら、とその手がひろを導いてくれる。

「約束のデート」

きゅうと胸の奥が甘く痛くなる。この人の手を握ってその隣を歩く権利があるなんて。なんて贅沢《ぜいたく》なのだろう。

ひろはあふれそうになる気持ちを四苦八苦しながら押しとどめて、そうして拓己の手をしっかりと握り返した。

「うん、デート」

どれだけわがままでも、どれだけ自分勝手でも。

この人の隣を歩く権利だけは、どうしたって譲りたくないのだ。


清滝の染み入るような静寂のあとだと、観光地である嵐山は、その賑やかさがいっそう際立つような気がした。

広い空の下をどうどうと流れるのは、清滝の流れの先にある桂川だ。その上を渡る渡月《とげつ》橋《きょう》では、レンタル着物の一行が鮮やかな裾《すそ》を翻《ひるがえ》して、満面の笑みで写真を撮っている。その横を海外からの観光客が物珍しそうにあちこち眺めながら通っていた。

渡月橋からほど近いカフェのテラス席で、ひろは嵐山の姿がココアパウダーで写し取られているほうじ茶ラテを前に、ぎゅっと唇をつぐんでいた。

……なんだか空気がおかしい。

ひろは顔を上げられないまま、ラテを手に一口すすった。甘くてほっとする味のはずなのに今は気休めにもならない。

「——それで、そのヒスイてやっとまた会う約束したて？」

目の前の拓己が頬杖をついて、ブラックコーヒーを片手にこちらを見つめている。

口元にはいつもの柔らかい笑みを浮かべているのに、その笑顔に……妙な圧迫感を感じる。

そろりと視線をそらしたひろは、言い訳をするように、しどろもどろ答えた。

「あ、の……うん。吉楽雀の彫刻をもっと見てみたいなと思って……」

雀の自然をそのまま切り取ったような彫刻が、ひろは好きだ。もともと絵や芸術には興味があるほうだけれど、雀のそれはまた少し違う。

まるで自然そのままを、見つめているような気持ちになる。

ぐっと引き込まれて、心地のいい場所でたゆたっているような、そんな気になるのだ。

この人の作ったものをもっとたくさん見てみたい。そう言ったひろに、ヒスイはいつでも幽霊屋敷に来てもいいと言ってくれたのだ。

拓己がふうん、とつぶやいた。

「それでそいつにまた会うんやな。おれもボール取りに入ったときに会《お》うたけど、まあまあ顔もよかった気ぃするし。ああいう穏やかな雰囲気はひろとも相性悪ないやろうし」

なんだかちくちくと痛い。

拓己がたぶん機嫌を損ねていて、その原因がヒスイと自分にあるのだろうということはわかる。

けれどひろが人ではないものと関わるのは、今に始まったことではないし、拓己のそれも心配してくれているのとはまた少し違うような気がして。

ひろはわけもわからないまま、うう、と肩を落とした。

ふ、と拓己が口元で笑ったのがわかった。

「冗談や。ずいぶん気に入ったんやな、その雀ていう人の彫刻」

顔を上げた先、拓己の柔らかな笑みはいつも通りで、ひろはやっとほっとした。

「うん。本当に自然の欠片を閉じ込めたみたいで、きれいで……」

たとえばあの清滝川の美しい魚も、嫌々雀の彫刻にとらわれたのではないのだとひろは思う。

雀のあの力に魅入って、彫り込まれた清滝の自然があまりに美しく、吸い込まれるようにわずかな命の欠片が作品に取り込まれてしまう。

その気持ちがひろにはわかる。

「なんだかね……ずっと……見てたいって思うんだ」

ぽつり、と熱に浮かされるようにそう言うと、拓己の大きな手が、くしゃりとひろの髪を撫でた。

「今度はおれも一緒に行く。ひろの気に入ったもんやったら、おれももっとちゃんと見せてもらいたいから」

あたたかな手と柔らかな笑みはいつも通りなのに。拓己のその瞳の奥には、ほんのわずかな不安が揺らいでいるような気がした。

──渡月橋の上を吹き渡る風は、そろそろ夕暮れを迎える空に消えていく。

ここは空が広い。

じっと立っていると自分が、橋の上なのかそれとも、空か、流れる川なのか、どこにいるのかわからなくなりそうだった。

その空に吸い込まれるようにじっと遠くを眺めているひろを見て、拓己はため息をついた。

ひろのこのくせはずっと昔からだ。

美しい自然を見つめて、とらわれたようにぼうっとしている。とても幸せそうで心地よさそうで、だから拓己は今までそのままでいいと思っていた。

「──いい男だったぞ、ヒスイとやらは」

ひろの鞄から、するりと白蛇姿のシロが顔を出した。拓己は、呆れたと言わんばかりに顔をしかめた。

「お前、ついてきてたんか」

小さな白蛇はその金色の瞳でじっとひろを見つめている。

この白蛇はいつだってひろのそばにいる。棲み家を失い力を失い、それでもまだ人にも人ではないものにも恐れられるほどの力を持った、水の神だ。

その興味と優しさはいまだに、ひろばかりに向けられている。

シロがにやりと笑った気配がした。

「優男で、お前のようにうっとうしいほどの執着も持たない」

この白蛇にわかってたまるかと思う。幼馴染みで自分が守ってやらなければと思っていた女の子が、今隣に立ってくれている幸福を。

手放したくなくて腕の中に置いておきたくて、でもそれは彼女の道を妨げることで、その子どものような葛藤でぐちゃぐちゃになりそうな気持ちを。

「……わかってる」

それでも手放せないから、せめて優しい彼氏としての距離を間違えないように。いつだって拓己も必死なのだ。

シロがふんと鼻を鳴らした。

「——気をつけろ」

ぐっとその声音の温度が下がったような気がした。シロの金色の瞳が、ちらりと拓己を見つめる。

「あの吉楽雀の彫刻は、ひろとずいぶん相性がいい」

その硬質の瞳が、つかの間不安に揺れたのを拓己は見た。

「……ああ」

橋の上でひろの髪がざわりと風に靡くのを見て、拓己は無性に不安になって、そっとひろと繋いだ手に力を込めた。

二　憧憬の炎

1

柔らかな白色に淡い桃が滲《にじ》む花びらが、先を争うように空に向かって開いている。ソメイヨシノは満開まであと半分ほどといったところだった。

桃山《ももやま》の幽霊屋敷にも春が訪れている。

屋敷に巻きつく枯れ果てたツタの、その茶を塗り替えるように、地面から新しい緑色が這《は》い上がってくるところだった。

その根元に歪《いびつ》な形をした石が、ごろりと転がっている。触れて起こすと、おうとつの全部に土と苔《こけ》がこびりついていた。

ひろはそれを手のひらで軽く払い落とした。

石に彫り込まれているのは渦巻きだった。じっと見つめているとやがてゆったりと動きを持ち始める。

そのうち、これは波紋なのだとひろは気がついた。

真ん中に桜の花が一つ彫り込まれている。この彫刻が、水たまりに花がこぼれ落ちて、その瞬間に広がる水紋を描いているのだとわかった。

ぽとりと花の落ちる音。水紋の広がる本当は聞こえるはずのない、かすかな水音。

その波紋は水に映った何かをくしゃりと崩していて、耳の奥に聞こえるほんの小さな鳴き声で、それが桜の枝に止まったスズメだとわかった。

くちばしで突いた桜の花が落ちて、またぽたりと水たまりに水紋を描く。

その瞬間を彫刻家──吉楽雀《きちらくすずめ》は描き取ったのだ。

「──そこにもあったんだ」

甘く柔らかな声がして、ひろは夢の中から静かに起き上がるような気持ちで、ゆっくりと顔を上げた。

陽光の透ける海のような、翡翠《ひすい》色の瞳がこちらを見つめている。

この屋敷に住む人ならざるもの──ヒスイだった。

「うん。ヒスイが言ったみたいに、探すとたくさんあるね」

ヒスイが人間ではないとわかって、その気配に馴染《なじ》み始めてから、自然とひろも敬語が外れている。

「雀は好き勝手作品を作って、そのあたりに放り出していたからね」

ヒスイが言うには、吉楽雀は美しい景色を目に焼きつけるように眺めては、このアトリエで木や石などの自然の素材に彫刻を施していたそうだ。

彼女は不思議な力を持っていて、命の欠片《かけら》をともに彫り込んでしまうことがある。それがときおり意思を持ったかのように彫刻から抜け出して、その美しい自然のさまを見せてくれるのだ。

雀のアトリエだったというこの幽霊屋敷の庭にいると、ひろも周りでうっすらと気配を感じる。

それは川の流れる音であったり鳥の鳴く声であったり、いるはずのない猫の歩く音、蝶々《ちょうちょう》の羽がはたりと風を叩くかすかな音――……。

それを感じるたびにひろは思う。

雀の彫刻は、まるで自然そのものなのだと。

「彼女が亡くなったときに、ずいぶん処分したみたいだけどね。売れなかったものはそのままだ」

ヒスイはそうっとひろの手を取った。それから土と苔のついた手を軽く払ってくれる。

「中にどうぞ、ひろちゃん」

幽霊屋敷の三階は小さな洋室になっていた。壁一面が本棚になっていたが、本の背表紙はどれも日に焼けている。ギシギシと軋《きし》む床板はあちこちがささくれていて、歩くのにも気を遣わなければならなかった。

ここはもともと雀の部屋だったそうだ。

色あせたその部屋は、主《あるじ》が死んでからの月日を十分に感じさせた。

東に面するように設《もう》けられた窓は、上半分が半円を描いていて、今はカーテンが開かれ陽光が差し込んでいる。

ここは三十年前から人間は誰も住んでいない。電気もガスも通っておらず、見上げた電灯はつくことはない。屋敷を照らすのは外の光だけだった。

窓の前に設けられたテーブルと二つの椅子《いす》。ひろはその片方に座って、外をじっと見つめていた。

――雀の作品をもっと見たいと言ったひろに、ヒスイはいつでも屋敷に来てもいいと笑ってくれた。

ひろはそれに甘えて、ここ十日ほどですでに三度もこの屋敷を訪れている。

自分でも驚くほど雀の作品に惹《ひ》かれていた。

「眺めはどう？」

ここから見下ろすと庭がまるで森のように見える。その眺めがとてもいいからと、前回この屋敷を訪ねたとき、ヒスイがここに案内してくれたのだ。

ひろは窓の外に視線を投げたままつぶやいた。

「吉楽雀の彫刻を見てると、自然を見てる気がしてすごく落ち着くんだ」

夢の中にいるように、ふわふわとした心地だった。

この窓からは庭の作品を見ることができる。今かさりと下草を跳ね上げたのは、欄干《らんかん》に彫り込まれた猫だろうか。

「――……ひろちゃんは、雀に似ているね」

ふいに聞こえたその声がひどく冷たくて、ひろはヒスイを振り返った。

あの張りつけられたような笑顔はそこにはない。ただ翡翠色の瞳がひろを……ひろの向こう側をじっと見つめているような気がする。

――ヒスイは何者なのだろうか。

その気配は淡くどこか希薄で、この屋敷に残る彫刻たちととてもよく似ている。

ひろはあのとき公園で、幽霊屋敷から聞こえた声をはっきりと覚えている。


――きみと、あかつきのそらに。


あの切なく胸を締めつける声は、たぶんヒスイの声だ。

たった一度、ひろをこの屋敷に呼び寄せるように響いたあの声が、ずっと頭から離れない。

いつか話してくれるときが来るだろうか。

すぐに張りつけられたようなそれに戻ったヒスイの笑みを見て、ひろはそう思うのだ。

――昼を過ぎるころまで外を眺めていたひろは、ヒスイに礼を言って屋敷をあとにした。

開いたままの門の隙間から、外の道をそっとうかがう。

ここは雀が亡くなってから、表向き誰も住んでいないことになっている。こんなところから出てくるのを見られたら、不法侵入を疑われても仕方ない。

外に誰もいないことを確認して、ひろが庭から一歩踏み出したときだった。

「――ひろちゃん?」

聞き慣れた――けれど懐かしい声に呼び止められて、ひろはぎくりと肩をこわばらせた。

顔を上げた先で、ちょうど通りを曲がってきたその姿が見える。

裾《すそ》に桔梗《ききよう》の花をあしらった着物に、若草色の帯。結い上げた艶《つや》やかな黒髪に、白く抜けるような肌。彼女はかつて〝椿小町《つばきこまち》〟と呼ばれて、男子たちの高嶺《たかね》の花であった。

「椿《つばき》ちゃん!?」

ひろの高校時代の同級生、西野《にしの》椿だった。

蓮見《はすみ》神社は桜の盛りを迎えていた。

青空をじぐざぐと迷路のように切り取る枝から、柔らかなソメイヨシノの花びらが満開に咲いている。

「──あんなとこで会うなんて、びっくりしたわ」

はらりと落ちてきた桜の花びらを髪から払い落として、椿がころころと笑った。一週間前に偶然会ったときとは違い、今日はネイビーのワンピースに薄い黄色のカーディガンを羽織っている。

ひろと椿は桜の根元に敷かれたビニールシートに、隣り合うように座っていた。

「椿は桃山で何してたん？」

そう問うたのは、ひろの向かい側に座る砂賀陶子《さがとうこ》だ。

さっぱり短く切りそろえられた黒い髪に、すらりと高い身長。足にぴったり添うようなデニムとパーカー、ハイカットのスニーカーは、ビニールシートのそばにそろえておいてある。

まだ春だというのにすっかり日に焼けていた。

陶子は高校時代は陸上部だった。今は大阪の高校で社会科を教えながら、陸上部のコーチをしている。

椿がちらりと桃山の丘に視線をやった。

「近所に小学校あるやろ。あそこで春休みの特別教室いうやつで、お習字教えてたん」

椿は書道家だ。大学を出たあと、書道家である母の弟子になった。その仕事の一つに、学校やカルチャーセンターで書道を教える機会があるのだと椿が言った。

椿と陶子は、ひろの大切な友人だ。

高校生のとき、東京から転校してきたばかりのひろは、一人で誰かに話しかけることが苦手だった。けれどこの二人の友人に出会ったことで、誰かとともに過ごす大切さを知ることができたのだと思っている。

高校生活を〝楽しかった〟と思い出すことができるのは、この二人のおかげだった。

——あの日、幽霊屋敷の前ではちあわせた椿とひろは、話すうちに久しぶりに集まろうということになった。どうせなら桜が満開のときで、遠慮なく宴会のできる蓮見神社の花見にしようと提案したのはひろだ。

そして二人ではさびしいからと、ひろたちの高校時代の友人と、そして拓己《たくみ》を呼ぶのはどうかと言ったのは椿だった。

「清尾《きよお》先輩は？」

陶子に問われて、ひろはスマートフォンを引っ張り出した。拓己からの最後のメッセージは十五分前、「もう行く」と来てから更新されていない。

「もうすぐ来るって言ってたんだけど……」

ひろがそわそわとあたりを見回した、ちょうどそのときだった。朱色の鳥居をくぐって、拓己が姿を現した。

「ごめん、遅なった」

その手には大きな風呂敷包みを抱えている。ビニールシートにそれを置いて、椿と陶子に向かって柔らかく笑いかけた。

「椿ちゃんも陶子ちゃんも、こんにちは。来てくれてありがとうな」

椿と陶子がそろって頭を下げる。その拓己の視線がやっと自分のほうを向いて、ひろはほろりとうれしくなった。

こうして拓己とゆっくり顔を合わせたのは、あの清滝《きよたき》に行った日以来——半月ぶりだったから。

「拓己くん、お仕事大丈夫だった?」

そう問うと、拓己がやや苦い顔をした。

拓己の忙しさは、このところ度を越えている。

春の蔵開きイベントは盛況に終わったものの、桜の開花に合わせたあちこちの日本酒イベントに、手伝いで顔を出しているらしい。そのかたわら、来年度の仕込みのスケジュールを杜氏《とうじ》の常磐《ときわ》とともに夜遅くまで考えているそうだ。若手会も変わらず忙しく、清花蔵《きよはなくら》の夕食に顔を出す機会も更に減っている。

「うん。ちょっとだけお邪魔させてもらう。あとでまた蔵に戻るわ」

拓己の手がすっと伸びて、そうしてためらうようにそのまま下ろされた。きっといつもなら、その大きな手がひろの髪を撫《な》でていたのかもしれない。

そらされてしまった視線に、ひろは唇を結んだ。

最近、拓己と少し距離がある。

いつもなら肩が触れ合うように座っていたのに、今はその隙間《すきま》を風が通り抜けていく。あたたかな手がひろの髪に触れることもなくなった。

夕食のときに顔を合わせても、どこかぎこちないような気がする。拓己がすぐに片付けて出て行ってしまうから、ゆっくり話すこともできない。

まるで――……ひろを避けているかのようだった。

その想像にひろはざっと血の気が引くような思いがして、首をふるりと横に振った。そんなのは気のせいだと、懸命に自分に言い聞かせながら。

「――すみません、遅くなりました」

蓮見神社の朱色の鳥居の向こうから駆け込んできたのは、大野達樹《おおのたつき》だった。

「買い出しありがとうな、大野」

拓己が声をかけると、達樹が両手にビニール袋をぶら下げたままぺこりと頭を下げた。

「お久しぶりです、清尾先輩」

達樹は高校一年生のときにひろと同じクラスだった友人で、剣道部であった拓己の後輩でもある。高校の在学中は重なっていないものの、定期的に母校の指導に訪れていた拓己を、ほかの剣道部員たちと同じように慕っていた。

ひろと達樹は大学が同じで、院に進んだひろとは違い、達樹は一足先に去年卒業したのだ。

「大野くん、久しぶりだね」

「三岡《みつおか》とは卒業してからほとんど会ってへんもんな」

はにかむように笑った達樹は、両手にぶら下げていたビニール袋から、チューハイやビール、ジュースの缶とペットボトルのお茶、紙コップを次々と並べていく。

「こっちも開けよか」

拓己が自分の持ってきた風呂敷包みを開いた。

中から現れたのは四段重ねの重箱だった。黒々とした艶のある漆《うるし》塗りで蒔絵《まきえ》の桜がひかえめに花を散らしている。

「ひろが友だちとお花見するんやて言うたら、母さんが前の夜から気合い入れて作ったはったわ」

拓己がお重の蓋《ふた》に手をかけた。

「うわっ、すご……！」

達樹が歓声をあげた。

お重の一段目は、ふきのとうに椎茸《しいたけ》、筍《たけのこ》の春野菜の天ぷらに、新たまねぎのかきあげが詰められている。衣からは揚げたてのほんのり甘いにおいがした。

二段目は菜の花とほうれん草のおひたし、ハマグリとニラの酢味噌《すみそ》和《あ》え。そしてお重の半分を埋めるのは、分厚いチャーシューと、中までしっかりとタレの染みこんだ煮卵だ。実里《みさと》が丸一日かけて煮込む、ひろや拓己も大好きなメニューだった。

三段目には鮪《まぐろ》やサーモン、錦糸卵《きんしたまご》を散らした色とりどりのちらし寿司《ずし》、四段目は林檎《りんご》や苺《いちご》などの果物が間に保冷剤を挟んで詰められていた。

四段分を並べると、色とりどりの春の野原のようだ。

陶子が目を丸くした。

「……すごいな、清尾先輩のお母さん」

「実里さんてほんとにすごいんだよ。季節の野菜とか魚のこともよく知ってて、わたしもいつも教えてもらってるんだ」

ひろは、まるで自分のことのように誇らしげに胸をはる。

「オススメはふきのとうの天ぷらと、あとチャーシュー。中までタレが染みてて、たぶんお酒とかにもよく合うよ」

蔵人《くらびと》たちが、このチャーシューがあると酒が進むと言っていたから間違いない。

ひろはあまり酒を飲まないが、他の四人はすでに缶ビールやチューハイをそれぞれ手に取っていた。

全員で、乾杯、とかちりと缶の縁をぶつけ合う。

ほろりととろけるようなチャーシューと濃い味付けの煮卵は、かみしめるたびに甘みの強いタレがじゅわっと染み出して、スパイスの独特の香りが広がっていく。天ぷらはどれもまだあたたかく、衣がさっくりと軽い。ふきのとうの苦みが、じわりと春を感じさせてくれた。

大きな新たまねぎのかきあげを二口で片付けて、うまそうに喉《のど》を鳴らしてビールを飲んでいた達樹が、ぱっとこちらに視線をよこした。

「……三岡、あのさ……」

ためらうように、ちらりと拓己をうかがった。

「河原町《かわらまち》に新しいカフェができたん、知ってる？　映画館の近くやねんけど」

「そうなの？」

ひろが首を横に振るのを見て、達樹が勢い込んで続けた。

「そこフラワーショップが隣接になってて、花がめっちゃきれいで、三岡は絶対好きやと思う。それで今度よかったら――」

達樹がもごもごと続けようとしたとき。

「――大野」

ひどく冷え切った声がして、達樹がぎくりと肩を跳ね上げた。

拓己が缶ビールに口をつけながら、片膝《ひじ》を立ててじっとこちらを見つめている。そうしてその目をきゅう、と細めて笑ったのだ。

「人の彼女誘て、どこ連れてくて？」

一瞬間があって。

ひろの顔が赤くなったのと、達樹が「えっ!?」と叫んで二人を交互に見たのは、ほとんど同時だった。

「清尾先輩と三岡……えっ!?　だって先輩、去年まで関東行ったはって……」

混乱する達樹に、ひろはそっかとつぶやいた。そういえばその後のことを達樹は知らないのだ。

ひろはしばらく真っ赤になってうつむいたあと、おずおずと拓己の服の袖《そで》を取った。そうしてちらりと達樹をうかがう。

「……そういうこと、です」

身近な友人に彼氏を紹介するというのは、こんなに恥ずかしいものなのかと思う。

青い空に薄桃色の桜がはらりと舞う。

「ああ……そっか」

気が抜けたようにそうつぶやいた達樹に、陶子と椿が両側から慰めるように背中を叩いている。

一本目を飲み干した拓己が手元のビールの缶を開けて、無言で達樹に手渡した。受け取った達樹が口元を引き結んで、ぺこりと頭を下げると、ぐっとビールを呷《あお》る。やがて顔を上げた達樹は切なそうで、それでもほろりと笑っていた。

「……よかったな、三岡」

「うん。ありがとう、大野くん。わたしも伝えられてよかった」

達樹にも何かの区切りがあったのだと。それだけがわかった。

こうして一つひとつ区切りをつけて、みんな先に進んでいく。

椿はこの春に結婚することが決まっている。陶子は大阪の高校の寮で住み込みだから、なかなか京都に戻ってこられない。大野は実家の仕事を継いだというから、きっとこれから忙しくなるだろう。

高校時代に一緒だった友人たちが、次にこうして顔を合わせるのはいつになるだろうか。あのころは毎日一緒だったのにと思うと少しさびしい。

とん、と肩を叩かれた先で、拓己が笑っていた。

「今年、お花見できてよかったな」

さびしそうな顔をしていたのを見られていたのかもしれない。

「うん……よかった」

学生のころほど頻繁《ひんぱん》ではなくても。ときどきこうやって顔を合わせて、近況なんかを話し合って笑うことができればいい。

缶ジュースを手にぼんやりと青空を眺めていると、かたわらで拓己が椿に問うているのが聞こえた。

「このお花見て、椿ちゃんが集めてくれたんやっけ。ありがとうな」

「はい。ひろちゃんと桃山でたまたま会って、お花見しようかってことになったんです」

あ、とひろは青空から視線を離して、あわてて椿に手を伸ばした。

その話はまずい。

「……へえ」

拓己の声が優しさを残したまま、けれど少し低くなったのがわかった。

「ひろは、桃山で何してたん？」

そろりと視線をそらして、ひろはぎゅうと肩を縮めた。こういうときに上手に嘘《うそ》がつけるほどひろは器用ではないのだ。

「……ヒスイのところで、吉楽雀の彫刻を見てた……」

「一人で？」

「……一人で」

拓己がひどく複雑そうな顔をした。

拓己はあまりヒスイのことが好きではないのかもしれないと、ひろは思う。ヒスイのことになると、ずっと声が低くなる気がするのだ。

「その感じやと、結構一人で行ってるんやな」

ふ、と拓己の口からこぼれたため息に、ひろは突きはなされたような気がして、ひどく不安になった。

「だ、だって……」

ほろりと言い訳が口からこぼれる。

ひろだって拓己を誘おうとした。吉楽雀の彫刻を一緒に見てほしいと思った。でも一緒に行こう、とそう言う機会だって、ここしばらくのひろにはなかったのだ。

拓己に……避けられているかもしれないから。

胸の奥がもやもやとして、でも上手に言葉にできない。結局うつむいてしまったひろを見て、拓己がまたため息をついた。スマートフォンをちらりと確認して立ち上がる。

「おれ仕事戻るな。楽しんでいって」

空になった缶をビニール袋に集めた拓己が、ひらりと手を振って早足で歩いていく。

拓己の背が鳥居の向こうに消えていったあと。それを見計らったように、ぽそりと椿が言った。

「ひろちゃん何したん？　清尾先輩、えらい怒ったはったやん」

ひろはふるりと首を横に振って眉を下げた。思いあたることといえば、幽霊屋敷の人ならざるものとの関わりぐらいだ。

「……心配かけたんだと思う」

桃山にある幽霊屋敷のことを、ひろはぽつぽつとみなに話した。

小学生たちから幽霊屋敷と呼ばれる、朽ち果てた洋館のこと。そこには三十年前まで、吉楽雀という女性彫刻家が住んでいたこと。自然を切り取ってしまったかのような彼女の彫刻が、ひろを無性に惹きつけるということ。

雀の彫刻には不思議な力があって、どうやら命の欠片を閉じ込めてしまうこと。

そしてそこに今はヒスイという青年が住んでいて――彼はたぶん人間ではない、ということ。

三人はひろのどこか不思議な話を、真剣に、けれどさして驚くこともなく聞いてくれた。

高校生のとき、そして椿と陶子は去年の冬にも、ひろとともに不思議なできごとに関わっているからだ。

この土地がそういうものとともに暮らす場所なのだと、三人ともうわかっている。

ひろが話し終わったあと、一拍置いて陶子がふと苦笑した。

「清尾先輩も、子どもっぽいとこあらはるんやなあ」

「拓己くんが……?」

きょとんとしていると、陶子がくすりと笑う。

「だってそれ、心配ていうか嫉妬《しっと》やろ」

ひろはぎゅう、と眉を寄せた。陶子が続ける。

「逆のこと考えてみ。先輩と女の人が二人きりで会ってたらって」

考えるだけで胃が縮み上がる気がした。

いつだったか後輩に言われたことがある。その人のことが好きなら、不安になってもやもやしたり、イライラしたりするのは当然なのだと。

拓己もそうなのだろうか。そう考えて、それがあまりふに落ちなくて、ひろはぎゅっと眉根を寄せた。

「——ちがうんじゃないかな……。拓己くんはわたしよりずっと大人だと思うし」

ひろと一緒にいる拓己はいつも優しくて大人っぽくて、いつだってひろの手を引いて前を歩いてくれているから。

納得できていないというひろの様子に、椿と陶子は顔を見合わせた。なるほどねえと椿が微笑《ほほえ》む。

「ひろちゃんにとって清尾先輩は、彼氏より先にまだ、尊敬するお兄さんていうほうが強いんかもなあ」

そのとき、ふと口を開いたのは達樹だった。

「ほんまに好きな人の前って……男って一生懸命格好つけたいからさ。……清尾先輩もそういうとこ見せへんように、必死なんとちがうかな」

そしてひどく複雑そうな顔で続けたのだ。

「あの人、案外めちゃくちゃ大人げないところあらはるしな!」

達樹の肩を、椿と陶子がまた左右からそれぞれとん、と叩いている。

なんだかみんなのほうが拓己のことをよくわかっているような気がして、ひろは少し悔しくて、きゅっと唇を結んだ。

「今度ちゃんと、清尾先輩に聞いてみたらええよ」

陶子の言葉に、ひろは曖昧《あいまい》に微笑んでうなずいた。

そんな話ができるような関係に戻れるだろうか。

どうして拓己はひろを避けているのだろう。どうして距離があるように感じるのだろう。今まではひろのペースでいいと言ってくれていたけれど、今になってそれが面倒になってしまったのかもしれない。

心の中を冷たい風がふ、と吹き抜けた気がした。

――四人でお重の中身を空にしながら、高校時代の尽きない話で笑っていたころ。

そういえば、と達樹がひろのほうを向いた。

「三岡さ、さっきの吉楽雀って人の彫刻の話なんやけど。おれその人の彫刻、一個知ってるかもしれへん」

目を見開いたひろに、達樹が最後の缶チューハイを飲み干して言った。

「知り合いに聞いたことあるんや。絵を入れる額縁で——」

どうしてだかどこか歯切れが悪そうに、達樹がぽつりと続けた。

「——入れた絵が全部燃えてしまうんやて」

空は夕暮れが迫っている。それはまるで焼けるように赤かった。

2

京都の四月はすでに初夏の様相をていしていて、日中はすでに薄手のカーディガンでも暑く感じるほどになっている。

満開だった清花蔵の桜はすっかり散り、かわりに黄緑色の柔らかな葉が次々と開き始めた。ここからしばらくは葉の色が黄色から黄緑、そして深い緑と毎日めまぐるしく変化していく。

学校も始まり、ようやく長期休み明けのどこかだらけた空気が引き締まってきたころ。

その日曜日に、ひろは達樹のもとを訪ねた。

吉楽雀の作品を見てみたいと言ったひろに、なら案内すると達樹が誘ってくれたのだ。

達樹の実家は京都の中心部、蛸薬師通《たこやくしどおり》を烏丸通《からすまどおり》からやや西に向かったところにある。「おの屋」という老舗《しにせ》旅館を営《いとな》んでいた。

通りに続く白壁の向こうに黒々とした木造三階建ての建物が、京都の町屋らしくずっと奥に伸びている。門の横には提灯《ちょうちん》が、その先の石畳《いしだたみ》を少し進むと黒檀《こくたん》の千本格子《せんぼんごうし》が扉一枚分開いていた。

引き戸にかかる藍《あい》色の暖簾《のれん》をくぐったひろは、やや緊張しながら声をかけた。

「……こんにちは」

屏風《びょうぶ》の裏にあるエントランスは、三階までの吹き抜けになっている。日中は電気が落とされて、天井の明かり取りから差し込む陽光で、柱や梁《はり》の艶やかな飴《あめ》色が淡く照らされていた。

見上げると、見事に組み合わさった太い梁がどうどうとした陰影を描いている。

古い木のにおいがする。それから宿で使っている涼やかな香と、この静けさと光の描く芸術があいまって、緊張していたひろの心をすっと落ち着かせてくれた。

ぱたぱたと人の走る音がした。達樹が奥の廊下から姿を現す。羽織ったジャケットを脱いで、飴色の受付カウンターに投げるように置いた。

「三岡、待たせてごめんな、連泊のお客さんにつかまってて」

ジャケットの下には薄いストライプのシャツに、四つボタンのベスト。ぱりっと糊《のり》のきいたスラックス、髪はかき上げてワックスでしっかりと整えられている。

高校生のとき、そして大学時代に学校でよく見かけた、どこか素朴《そぼく》だった雰囲気とは様変わりしていて、ひろはわずかに目を見張った。

「すごく格好いいね大野くん。すっかり経営者って感じ」

達樹は父親の部下として今、この宿の従業員として働いているのだ。

「格好だけな。おれなんかまだまだ。覚えなあかんことだらけやけど……やると決めたんやったら、ちゃんとせなあかんから」

宿を継ぐと決めるまで、大野もずいぶん迷ったのだろう。伝統あるものを引き継いでいくのは簡単なことではないし、生半可《なまはんか》な覚悟では成し遂げられないから。

それから、と達樹は思い出したように付け加えた。

「……あんまりそう簡単に、彼氏以外の男に格好いいとか言うたらあかん」

清尾先輩が怖いから、と付け加えた達樹はどこか怯《おび》えた顔をしていて。

何年経《た》っても、達樹にとって拓己は剣道部の先輩なのだ。そう思うとどこか懐かしく、微笑ましくて、ひろは口元をわずかにほころばせた。

ひろと達樹は宿の外に出て、東に向かって進み始めた。ベストも脱いでシャツの腕もまくり、ラフな格好になった達樹が、ふいにひろのほうを向いた。

「あのさ、今日って清尾先輩にはちゃんと言うたあるんやんな」

「言ってないよ？」

どうして、と首をかしげたひろに、達樹が手のひらで額《ひたい》を押さえた。

「あー………今からでも言うといたほうがええと思うけどな」

「大丈夫だよ、わたしも一人でお仕事できるし」

「いや、三岡を信用してないとかやなくてさ」

ひろはむっとしてそれから首を横に振った。わかっている。達樹はたぶん、この間の拓己とひろの様子を心配してくれているのだ。

「いいんだ。拓己くんと最近……会えてないし」

一度意識すると、明確にわかるようになった。

やっぱり拓己はひろを避けている。

食事時もあまり目を合わせてくれないし、休みの日にもずっと仕事を詰め込んでいる。それも朝から夜まで外に出ていて、ひろと顔を合わせないようにしているみたいだった。

何かを察したのか、達樹が嘆息した。

「ごめん、余計なこと聞いたな」

「ううん。いいんだ。拓己くんも大野くんと一緒で、清花蔵のためにすごくがんばってる……お仕事の邪魔をしたくないしね」

本当はその腕をつかんで引き留めて、ゆっくり話がしたいと縋《すが》りたい。

拓己に嫌われてしまったのだとしたらどうしよう。

どうしてひろと会ってくれないのだろう。

どうして、どうして——……。

今までは自分のことばかり考えていればよかった。

誰かを好きになるというのは、とてもやっかいだ。自分のことだけではなくて——誰かの気持ちのことまでずっとぐるぐる考えなくてはいけないから。

達樹は、おおの屋から五分ほど歩いたところにある町屋に、ひろを案内してくれた。

看板も案内板もウィンドウもない町屋で、「ひのき」と書かれた表札と、その下に小さく書かれた「美術・骨董《こっとう》」という文字でかろうじて、何かの店かギャラリーなのだとわかった。

「うちの調度品でお世話になってる『ひのき』さんて言うんや。骨董品屋さんとか、美術商みたいな人かな」

達樹は慣れた様子で、呼び鈴も押さずに引き戸を開けた。

「こんにちは、檜《ひのき》さんいたはりますか」

町屋の中は、小さな店かオフィスのように改装されていた。

靴を脱ぐとその先がフローリングになっていて、坪庭が見えるように工夫されている。

ここが商談スペースなのだろう、小ぶりなソファセットが置かれていた。

「――誰や思たら、おおのさんとこの孫やないか」

しわがれた声とともに、のそりと男が姿を現した。

ひろたちの祖父ほどの年齢で、手にも顔にも深い皺《しわ》が刻まれている。ベージュのカーディガンに黒のズボン、真っ白の髪は豊かに伸び、後ろで一つにくくっていた。

檜俊治《としはる》は、自分のことを美術商であると言った。おおの屋の前オーナーで、達樹の祖父である達之《たつゆき》の古くからの友人だという。

「達之さんはお元気やろか」

ソファに隣同士に座ったひろと達樹に、檜はそう問うた。達樹がうなずく。

「丹波《たんば》で楽しそうにやってます。最近は家にでかい風呂作るんやて、うるさいんです」

「そら、元気そうでよかった」

それを聞いた檜がからからと笑った。

達之は自分の息子——達樹の父にあとを任せて、今は丹波で隠居している。数年前に体を壊したと聞いていたから、元気だと聞いてひろもほっとした。

檜がしわくちゃの手でひろを示した。

「それで、そちらのお嬢さんはどちらさんやろか」

ひろはあわてて顔を上げた。

「三岡ひろです。伏見《ふしみ》の蓮見神社に住んでいます」

檜がわずかに目を見開いた。

——京都は水に関わりの深い土地だ。

南北を貫《つらぬ》く鴨《かも》川、南には宇治《うじ》川、西には桂《かつら》川。地下には豊かな水盆を持つ。その分、水に関わる不思議も多く、そういうときに人はみなその神社を訪ねるのだ。

水のことは蓮見神社へ。

昔からこの地に住んでいれば、蓮見神社とその生業《なりわい》を知っている人も多い。

達樹がひろの肩を叩いた。

「三岡は高校生のとき、うちのじいさんが困ってたことを助けてくれたんです。あのときおおの屋は、三岡のおかげで大事にならんですんだんです」

高校生のころ祇園祭《ぎおんまつり》のさなかに、ひろは達樹の宿で事件を一つ解決したことがある。

おおの屋には、大きな美しい鉢《はち》がある。

その鉢に水を入れ蓮《はす》の花を植えると、家に妙なことが起きるようになった。

その鉢には——シロの棲《す》み家《か》、大池が描かれていて、すでに埋め立てられ失われてしまったかつての姿を求めた、蓮の花の想いが引き起こしたことだった。

檜がその皺だらけの顔をくしゃりと崩して笑った。

「あの鉢のことか。達之さんから聞いたけど、ずいぶん大変やったらしいね」

檜がふいと視線を振ったのがわかった。その先には坪庭が、町屋の造りであれば奥には部屋が続いているはずだった。

「……それやったら今日は——あの額のことやろうか」

ひろは達樹と顔を見合わせてうなずいた。

ひろは自然と檜の視線のあとを追って、坪庭を見つめていた。

砂利《じゃり》の庭には苔を敷いた小ぶりの山が設けられていて、まだ葉の一枚も出ない細い紅葉《もみじ》が一本植わっている。

どう……と音がした。

風の音だ。

どこか遠くから来た風が、遮《さえぎ》るものもなく吹き渡る。そういう音だった。

まるで……自然の音そのものが、そこにあるかのように。

きっとそこにあるのだろうと、ひろは思った。

自然そのものを切り取ってしまう、吉楽雀の作品が。

「吉楽雀の彫刻に……興味があるんです」

ひろがそう言うと、檜がゆっくりとソファから腰を上げた。


京都の町屋は、玄関から坪庭を挟んでずっと通りの奥まで続いている。檜の家は坪庭からさらに二部屋ほど挟んで、奥庭とそれをのぞむことのできる、小さな部屋が設《しつら》えられていた。

その額縁は、部屋の南の壁にぽつりとかけられていた。

「うちも骨董品を扱《あつこ》うてる以上、こういうのは別に初めてやあらへんけどね」

古いものには想いのこもったものが多い。幽霊画に古い壺《つぼ》に美術品、ときおり人の遺品さえも扱う職業で、不思議なことに出会うのは一度や二度ではないと檜は言った。

「たいていは神社やらお寺さんやらにお願いして、静かになることが多いんやけどね――……」

檜はその壁を指した。

それはひろが想像していたよりも、ずっと小さな額縁だった。Ａ４サイズほどだろうか。壁には横向きにかかっている。

素材はたぶん流木だ。白く色の抜けた細い流木を集め組み合わせて、そこに彫刻したようだった。

彫り込まれた複雑な陰影はときに渦巻き、ときに互いに絡みつきながら立ちのぼる、まさしく炎の姿だとひろは思う。

その炎が取り巻く内側は何も飾られていない。空の額縁だった。

「こうしてると穏やかなんやけどな」

檜が額を外すと、そばの文台《ぶんだい》の引き出しから一枚の絵はがきを取り出した。三条《さんじょう》の橋から鴨川をのぞむ構図で、京都の土産物《みやげもの》屋ならどこでも売っているような、名所を描いた絵はがきだ。

額縁の内側には余白を埋める厚紙が入っていて、確かにはがきを収めるぐらいが、ちょうどいいサイズに見える。

檜は表のガラス板をそうっと持ち上げると、そのはがきを収めて額縁を壁に戻した。

「見ててみ」

そう檜が言った、次の瞬間だ。

ゆらり。

額縁が揺らめいたような気がして、ひろは目を見張った。

ぱちり、ぱちりと何かがはぜる音がする。

陰影が渦を巻き、白い額縁がゆったりと波打つように色づいていく。

それは灼熱《しゃくねつ》の赤だ。

「燃えてる……」

達樹が呆然《ぼうぜん》とつぶやいたのが、どこか遠くで聞こえた。

ひろが身じろいだ気配にすら、ゆらりと形を変えるほど静かな炎は、けれど確かに熱を持って――額縁の中、三条大橋を包み込んだ。

端から炎に食われるように、絵はがきはあっという間に炎にのまれた。

ガラスの内側に、黒く焦《こ》げたはがきがはらはらと崩れ落ちる。

不思議なことにガラスにも隙間を埋める厚紙にも、すでに白い流木に戻ってしまった額縁にも焦げたあと一つ残っていない。

ただ絵だけが、そこにあってはいけないものであるかのように、真っ黒に燃え尽きていた。

「何を入れても、こうなってしまうんえ」

檜が口元に苦笑を浮かべた。

中に入れた絵を燃やす以外は大人しいものだが、額縁として使えるわけもなく、気味が悪いからと買い手がつかないまま、もう十年も過ぎてしまったそうだ。

ひろはじっと耳を澄ませた。

音が聞こえる。

どう……どう……。

遮るもののない場所を、吹きすさぶ風の音だ。

髪が吹き散らされる心地がする。

においがする。清滝のときと同じ、濃い水のにおいだ。

水を跳ね上げ、渦巻き、流れるどうどうとした音が——……。

「——三岡」

達樹の声で、はっとひろは現実に引き戻された。その顔が怪訝《けげん》そうにこちらを向いている。大丈夫と視線だけで伝えて、ひろは再び額縁を見つめた。

白色に近い額縁は、今はまた何ごともなかったかのようにしんと静まりかえっている。

——吉楽雀は、奇妙な噂《うわさ》のつきまとう彫刻家だったと檜は言った。

若くしてその才を見いだされた雀だが、両親を早くに亡くしてからは、吉楽家の別荘であるあの桃山の屋敷をアトリエとして、遺産で細々と暮らしていたそうだ。

吉楽家は絵師の家系であるから、彫刻家である雀の知名度はそう高くない。だが展示会や展覧会で彼女の作品を見たものたちは、口々に言った。

まるで生きて動いているようだ——と。

中には本当に動いている、気味が悪いと言うものまでいて、その彫刻の腕が素晴らしかっただけに、画壇の評価を二分した。

素晴らしい腕を持つ天才彫刻家なのか、それとも奇怪の芸術家なのか。

その結論がつかないまま、三十年前、彼女は三十歳を迎える前に亡くなった。

雀は作品を売ることにあまり興味を持っておらず、生前手放した作品はそう多くない。亡くなったあとにどういうわけか、その彫刻が一気に世に出回ったと檜が言った。

「——この額縁は珍しいことに、吉楽雀がまだ生きてるころに手放したものなんやて。ただ何の絵を入れても燃えてしまうからて人の手を流れてきて、十年ほど前かな、うちに来たんや」

その時すでに二束三文のような値であったそうだ。

檜は少し口をつぐんで、どこか困ったように続けた。檜自身もまだ何かを迷っているようにも見えた。

「ほんま、厄介やわ」

檜は立ち上がって、額縁にそっと指を滑らせた。

ひろはふと、この部屋をぐるりと見回した。

畳敷きの部屋に座布団が一つと卓が一つ。膝くらいまでの小ぶりの本棚には半分ほど本が埋まっている。卓にはごつごつとした湯飲みが置かれていた。

ここはきっと檜の部屋だ。そして十年間、檜は自分の一番近い場所にこの額縁を置いている。

愛着と呼ぶには、檜が額縁を見つめる瞳はどこかそらおそろしそうで、けれど同時に、魅入られてしまったような執着も感じる。

どう、と応《こた》えるように風の音が鳴る。

その音が、何かに焦がれるように響くから。

「……この額縁は、自分に飾られる絵を待っているのかもしれないです」

ひろは自然とそうつぶやいていた。かたわらで、檜が息を呑んだのがわかった。

「……これも縁やろうか」

吐息をこぼすような檜の声が聞こえてひろは顔を上げた。檜がまっすぐにこちらを見つめている。

「ここに飾る絵を、わたしが探してみてもいいでしょうか」

ひろは気がつくとそう言っていた。

縁、とひろは無意識のうちに繰り返した。

蓮《れん》をきっかけに、拓己が幽霊屋敷へ入り込んだことも、その拓己を助けようとひろがヒスイと出会ったことも。雀の作品を知ったことも――ここへやってきたことも。

檜の言う通り「縁」だとすれば。

ではこの縁は、わたしをどこへ連れていこうとしているのだろう。

そのときひろの頭の中にふわりと浮かんだのは、ヒスイのあの美しく、そしてどこかさびしい翡翠色の瞳だった。

この縁の続く先はもしかすると、あの瞳の見つめるどこかずっと遠くなのかもしれない。

3

昼をわずかに過ぎたころ。ひろは幽霊屋敷を前にして若干《じゃっかん》の後ろめたさを感じていた。

「……拓己くんに、言ってきたほうがよかったかな」

ヒスイに炎の額縁のことを聞くつもりだった。

檜の話では、炎の額縁は雀の生前に売り出されていたものだという。ヒスイがいつからあの場所にとどまっているのか――……そもそも何者なのかはわからないけれど、額縁のことを知っているかもしれないと思ったのだ。

厚手のカーディガンのポケットから、きっぱりとした答えが返ってきた。

「跡取りなどいなくても、ひろが心配することはない」

ポケットからするりと這い出してきたシロが、ひろの肩へ上る。ひやりとした感触が頰《ほお》をくすぐって、ひろは思わずきゅうと目を細めた。

肩に手をやると、シロが手のひらに移ってじっとこちらを見つめている。

シロの金色の瞳はひろを見つめるときだけ、硬質で冷たい月の光から蜂蜜《はちみつ》を煮溶かしたような甘やかな色に変わる。

この優しい水神はいつだってそばにいて、大切な友人としてひろを守ってくれるのだ。

「――だが」

シロの声音《こわね》がほんの少し変化したことに、ひろは気がついた。小さな蛇《へび》の口をもごもごとさせてどこか不本意そうに、でも真剣とわかる声音でつぶやいた。

「………跡取りも、たぶんお前を心配している」

シロが拓己のことを、こうして気遣うのは珍しい。

一人と一匹には気の置けない関係があると同時に、気を許しすぎない距離感もあると思うからだ。

「……うん、わかってる」

シロにまで、自分の子どもじみた感情を見すかされているような気がして。ひろはその金色の瞳から目をそらした。

ヒスイは突然訪ねてきたひろを、いつものようにどこか薄く張りつけたような笑顔で迎えてくれた。

雀の部屋に案内してくれたヒスイに炎の額縁のことを尋《たず》ねると、あっさりとうなずいた。

「──ああ、うん。見たことがあるよ。でもずいぶん前だ。四十年か、そのぐらい」

しばらく宙に視線を投げて、何かを思い出すように眉を寄せる。そうしてあの淡い笑みをふと消したのだ。

「ぼくが……ここにやってきたときと同じころだね」

その瞳がゆらゆらと揺れる。まるで瞳に翡翠色の海を映しているかのように。

やがてそれを瞬《まばた》き一つでどこかへやって、ヒスイはすっと部屋の壁を指した。褪《あ》せた壁紙はかつては小花柄だったのだろう。

「そこに飾ってあったんだよ。中の絵を、彼女はよく眺めていた」

ひろはわずかに目を見開いた。

「もともと絵が入ってたの？」

ヒスイが怪訝そうにうなずいた。

「うん、だって額縁だからね、絵を入れるものだろう？」

「……てっきり、どんな絵も飾れないんだって思ってたから」

ひろは少しためらったあと、檜の家で見たことをヒスイに話した。

その額縁がまだ雀が生きている間に売りに出されたらしいということ。そして飾られた絵を呑み込んで焼いた、美しく静かな炎のことを。

まるで額縁自身が、中に飾るたった一つの絵を求めているかのように。

ヒスイは本当に驚いたようで、その目を丸く見開いていた。

「ここにあったときは静かなものだったと思うよ……絵が燃えたこともなかったし」

ひろは勢い込んで問うた。

「その絵のことを覚えてる？」

ヒスイはしばらく考え込んで、ややあって顔を上げた。

「どこかの風景だったと思う。でも有名な画家とか、雀が描いたものじゃなかった」

ヒスイの目がふと窓の外に向いた。東に面した窓からは、薄く煙《けぶ》るような春の青空が見える。

「絵はがきを買ってきたんだって、雀は言ってた。……うん。ぼくにも見せてくれたんだ」

ヒスイの言葉は思い出をゆっくりとたどるように、ぽつ、ぽつと続く。

「燃えるように鮮やかな夕暮れの絵だった。雀は、それを見て過ごすのが好きだったんだ」

ああ、まただ、とひろは思う。雀のことを話すとき。ヒスイの瞳がゆらゆらと揺れる。

「……でも、それからすぐに手放しちゃったみたいだけどね」

やがてまたそれを押し隠すように、薄く笑ってみせるのだ。

――あの額縁にはかつて確かに絵が入っていた。夕暮れの絵だ。

「四十年前の絵はがきか……手に入るかな」

そもそもどこの風景なのだろうか。ひろが真剣に考え込んでいると、ぽつりとヒスイが言った。

「きみはどうしてその額縁を気にかけるんだい？」

太陽が雲間に隠れたのだろう。空がかげって電灯のない部屋がひどく薄暗く見える。その中でヒスイの瞳だけが、不思議に輝きを放っていた。

気圧《けお》されたように一歩下がって、ひろはそれでもヒスイの、空と海の色が混じったような瞳から目をそらさなかった。

「わたしが見つけたいと思ったんだ」

この額縁がどんな絵を望んでいるのか。

この額縁が何かを——自分の中に飾られるべき絵を待っているなら、その想いを拾い上げたいとひろは思う。

「それに知りたいの。どうしても、見てみたい。……吉楽雀が描きとった景色を」

これは縁だ、と檜は言った。

だから導かれるままに進んでみようと思ったのだ。そうすればきっと、ヒスイの見ているものの先に、たどりつけるかもしれないと思ったから。

ヒスイは「そう」、とつぶやいた。するりとその手が伸びてきて、そうっとひろの首元に触れる。

自分の目の前に迫るその手を、男の人の手だけれど、拓己よりもすらりと細いなあと、ひろはどこかのんきな気持ちで見つめていた。

「……きみはきっと誰の心にも寄り添うんだ。人間でも、そうじゃないものにも」

顔を上げる。翡翠色の瞳がじっとこちらを見つめている。

吸い込まれるように、ひろが目を見開いた瞬間だった。

バギン、とひどい音が鳴った。

次にすさまじい音がして、窓ガラスが一枚、外側から砕け散る。

「わっ！」

ひろは悲鳴を上げてとっさに両腕で顔をかばった。がしゃがしゃと耳障《ざわ》りな音とともに、ガラスの破片が床へ降り注ぐ。

けれど不思議なことに、それはひろを傷つけることはなかった。

音が収まって、ひろはおそるおそる顔を上げた。

足元には細かく砕けたガラスが、ひろだけを避けるように散らばっている。外からの光にちらちらと輝いているのは、いまだ宙に舞っている細かな水滴だった。

水だ。これがガラスを突き破ったのだ。

「──誰がひろに触れていいと言った」

いつの間にかひろの肩に這い上がったシロが、その瞳を煌々《こうこう》と輝かせている。これはシロの仕業だ。

「ひどいことをするなあ。ただでさえボロボロの屋敷なのに」

冗談だよ、と両手をあげたヒスイがきゅう、とその目を細めた。

「ひろちゃんには大池の主の加護があるね。いつもそばにいて、ずっと守っている」

ふん、と鼻を鳴らしたシロが、白蛇《しろへび》の姿のままどこか誇らしげに胸をはった。

「当然だ。おれとひろは友だちだからな」

帰るぞ、とシロの不機嫌そうな声に促《うなが》されて、ひろはうなずいた。肩の上でシロがヒスイを振り返りもせずに言う。

「おれのほうが、まだ優しいぞ」

足元のガラスを拾い上げていたヒスイが、きょとんと首をかしげた。

「——これに触れると、怒る男がいる」

一瞬怪訝そうな顔をしたヒスイが、ああ、と片眉を跳ね上げた。

「はは、気をつけるよ」

一瞬瞠目《どうもく》したひろは、それが拓己のことだと気がついて、恥ずかしいような、なんだかいたたまれない気持ちになって、逃げるようにヒスイの屋敷を後にした。


拓己は蔵——清尾家のはす向かいにある、仕込みを行う工場に設けられた、自分の机の前で大仰に嘆息した。

目の前に広がっているのは来期のスケジュールに、今年の秋からの米の発注表、営業先の連絡リストと夏に向けたイベントの企画書だ。

のしのしと足音を立てて、杜氏の常磐が後ろを通り過ぎる。

「若、最近、ちょっと詰めすぎやで」

「……そうですね」

拓己はあいまいに笑った。忙しいのは確かだけれど、最近むやみに仕事を詰め込んでいる。

自分でもわかっている。

……これはたぶん……ひろから逃げているのだ。

常盤の背を見送って、拓己は机に両肘《ひじ》をついて頭を抱えた。

ひろは何をしているのだろうか。またあの幽霊屋敷に一人で行っているのだろうか。

そう思った途端に、ヒスイの淡い笑みを思い出して、拓己は胃の底が焼けるのを感じた。

ひろがヒスイに笑いかけているかもしれないと想像するだけで、ひどく気に障る。

ひろが連れていかれてしまうかもしれない。得体の知れないものにひろが惹かれてしまう焦燥はずっと感じていた。

けれど今は、それよりももっと強い衝動が拓己を揺り動かしている。

この感情のことを拓己は正しく理解していて、けれどそれをそのまま年下の彼女にぶつける大人げなさを後悔している。

清滝のときも花見のときも、ひろへの心配よりも先に——馬鹿《ばか》みたいな嫉妬心をこじらせた自分が、子どもっぽくて格好悪くて仕方がない。

だから拓己は、ひろから少し距離を置いている。

拓己自身が衝動のままに、大切な人を傷つけてしまわないように。

そういえば、最近ひろに会ったのはいつだっただろう。

花見のときからしばらく顔を見ていない気がする。それほど時間は経っていないはずだけれど、幼馴染《おさななじ》みではす向かいの家で、ほとんど毎日顔を合わせていたからだろうか。

しばらく会っていないと、それだけでひどく空虚な気持ちになる。

——ひろに会いたい。

自分から避けていたくせに、急に会いたくて仕方なくなった。

どうしようもないな、と顔を上げて一人苦笑する。

この時間ならひろは蓮見神社にいるだろう。顔を見て一言二言話すだけだと、そう自分に言い聞かせて、拓己は椅子から立ち上がった。

蓮見神社までは、ものの三十秒だった。

見上げた空には春の夕暮れが迫っている。空全体に薄く雲がかかり、淡い橙《だいだい》色が西の空を覆《おお》っている。

蓮見神社の境内《けいだい》、散った花びらのかわりに桜の木を彩《いろど》っているのは、瑞々《みずみず》しい黄緑色の若芽だった。濡れたようにつやつやとしていて弾力があって、一つひとつがこの春から初夏にかけての時季を謳歌《おうか》しているように思う。

ひろはその木の幹を背に座り込んでいた。

ぼんやりと宙を眺めたり、ときおり吹き抜ける風に耳を澄ませて、そうして木の葉のすれる音を聞いている。

その口元はほろりとほころんでいて、風のにおいを、音を、淡い橙色から青に移り変わる夕暮れの色を、この季節を、全身で感じているのだとわかる。

拓己はその余韻《よいん》をさまたげないように、そっと話しかけた。

「──ひろ」

その視線が拓己をとらえる。そうして柔らかく微笑むのがたまらなくて、きゅうと胸の内が甘く痛くなる。

「拓己くん、お仕事終わったの？」

「ああ。ひろは何してたんや？」

ふと視線を落とした先に見慣れないものがあって、拓己は瞠目した。スケッチブックだ。

ひろが恥ずかしそうに顔を伏せた。

「絵を描いてた」

手近にあったものを調達してきたのだろう、水彩パレットには橙色や緑、白、茶色などが混ぜ合わされている。

久しぶりで手間取ったのか、その手にも絵の具がついているのがわかった。

ひろが小さいころ絵を描いていたのを、拓己も知っている。蓮見神社の年賀状も高校生のころからときどきひろが手がけているのだ。

だがこんなふうに本格的に風景を描いているのを、拓己は久しぶりに見た。

スケッチブックをのぞき込む。

蓮見神社の鳥居と、その向こうに見える清花蔵の屋根。境内の石畳の隙間からは、タンポポがひょろりと顔を出している。

その全部は、淡くどこか心許《もと》ない橙色に彩られていた。

それを見ていると、夕暮れ時のどこか落ち着かない気持ちと、ふと感じるさびしさが思い起こされる。

「ええやん。もっと描いたらええて思てたよ」

絵の上手《うま》い下手は拓己にはわからない。芸術とはあまり縁のない人生だったからだ。

けれどひろの絵にはひろにしかとらえられない、自然の音や色が込められていると拓己は思う。

人の心を揺り動かす絵だ。

ひろの横に座り込む。肩が触れ合ってほっとする。ずっとそうしていたいと思った。

「あの額縁を見て、わたしも久しぶりに絵を描いてみようかなって思ったのかも」

ひろの言葉に、拓己はわずかに眉を寄せた。

「……額縁？」

うん、とうなずいたひろが、はっと目を見開いて、そろりと拓己から視線をそらした。

それはまるで何か後ろめたいことがあると言っているのと同じだった。

あたたかだった心が急に冷えていく。じり、と胃の底が焼ける。

「――……ひろ、今日どこ行ってたん？」

抑え込んだはずの感情が、言葉に険をのせる。

ずいぶんと長いためらいの時間があって、ひろはぽつりとつぶやいた。

「大野くんのおうちと……ヒスイさんのところ」

達樹の案内で吉楽雀の炎の額縁を見せてもらったこと。その額縁は中に入れた絵がすべて燃えてしまうこと。

ヒスイがその雀の額縁のことを覚えていて、中に収められていたのがどこかの風景画だったということ。

そこに切り取られたものを、どうしても知りたいとひろが思っていること。

きっとひろは額縁の声か音を聞いたのだろう。そうして、額縁の想いを拾い上げたくてがんばっている。

それをわかっていてもなお、苛立《いらだ》たしさが勝った。

「あの屋敷に一人で行くなて言うたやんな」

ずいぶんと低い声だったのだろう。ひろがわずかに怯えて身をひいたのがわかった。

「だって！」

ひろが突然、はじけるように叫んだ。

ガシャン、とひろが乱暴に二つ折りのパレットを畳んだ。絵の具が服に飛ぶのもかまわず、スケッチブックと重ねて跳ねるように立ち上がる。

ひろがこんなふうに激しい感情をあらわにすることは珍しい。拓己が目を見開いていると、ひろは涙をこらえるようにぐっとうつむいた。

「拓己くんが……っ」

その顔を見て、拓己は冷水を浴びせかけられたように頭が冷えた。

目にいっぱい涙を溜めて、せめてこぼすまいと懸命にこらえているひろを見て、あっという間に後悔した。こんな顔をさせるつもりなんて少しもなかったのに。

「会えないから、ぜんぜん……。拓己くんが、わたしに会いたくないって、避けてるかもって思って。……き、嫌われたかもって……っ、誘えなくて……」

ほろ、と涙が頬を伝うその瞬間が限界だった。

伸ばした拓己の手をすり抜けて、ひろが駆け出していく。すんでのところでつかまえそこねて、ぴしゃりと目の前で引き戸がしまった。

嗚咽《おえつ》をこらえる声が遠ざかっていく。

肺の底から、ため息がこぼれ落ちた。

「……阿呆《あほ》か、おれは」

歯がみするようにつぶやいたその瞬間。

どっという音とともに、拓己の頭上から水が降り注いだ。

「うわっ！」

あわててあたりを見回しても、夕暮れのあとの青に彩られた境内が、静かに広がっているだけだ。ただ拓己の立っているその場所だけが、大雨のあとのように水浸しになっていた。

「馬鹿かお前は」

皮肉気な声が聞こえた。

シロだ。いつの間にか、玄関脇の木の枝にするりと絡みついている。その金色の瞳が硬質に輝いていた。

「ひろを泣かせたな」

この白蛇はひろ以外にはいつだって冷たく、そして恐ろしい。

拓己はぐ、と唇を結んだ。

「……ああ。おれが泣かせた」

全部、拓己の勝手な思いだ。

自分の心がままならなくて落ち着きたくて距離を取ったくせに、会いたくなって会いに来て、そして抑えきれなくて傷つけた。

なんて情けなくて大人げないのだろう。

「おれは、ひろを泣かせるお前なんか大嫌いだ」

吐き捨てるようにそう言ったシロが、ややあって、舌打ち交じりにつぶやいた。

「だが……ひろはお前が思うよりずっと、お前のことを——好きでいると思う」

困ったように、けれどまるで何かに焦がれるようにシロがそう言ったから。拓己は少し驚いた。

好きとか嫌いとか。人に宿る恋の心を、シロがこうして口にすることはあまりない。この白蛇がひろと出会って人と関わって、ゆっくり人間の心を知ろうとしているのだと。

拓己だってわかっている。

わかっているから、シロからのそれがひどく刺さった。

「……ああ。知ってる」

拓己だってちゃんと知っている。

だから拓己に会えないと泣いて、嫌われたのだと怯える彼女を見て、やってしまったと思うのと同時に、ほんの少しだけうれしいとも思った。

彼女だって、おれのことを想ってくれているのだ。

それは初めてではなくて、今までも何度か感じた想いだった。

ひろに執着する人ならざるもののシロよりも、本当は自分のほうが恐ろしいのではないかと思うことが、拓己にはある。

自分の浅ましく欲深い心の内を、拓己だけは知っているからだ。

本当は自分だけ見てほしくて、自分の隣にだけいてほしい。ずっとこの腕の中にいて、自分にだけ笑いかけてくれればいいのに。

そんな拓己を見透かしたように、シロの声が響いた。

「いっそ、お前のそばに囲うか？」

ぞっとするほど心地のいい想像だった。

その本質が龍《りゅう》である水神の、金色の瞳と目が合う。そこに愚《おろ》かしい自分が映っているような気がして、拓己は唇を結んだ。

ゆっくりと息を吸った。夕暮れのあとの冷たい青色が肺の奥まで染みこむようだ。

それで落ち着いた。

「おれが間違えてる。ひろに会ってちゃんと話す」

それに、と拓己は自分自身への戒めのように、その拳《こぶし》を握りしめたのだ。

「ひろが自分で歩く道を、おれは絶対に遮らへんて決めてる」

シロが面白くなさそうに、ふんとよそを向いた。

「次、ひろを泣かせたら、お前の部屋で泳げるようにしてやる」

この白蛇——洛南《らくなん》の水神相手にそれで済めば安いほうかもしれない。

「もう二度はあらへん」

返事はない。ただシロの気配はするりと消えた。

——あんなことで泣くなんて、なんて情けない。

ひろはなおもほろほろとこぼれる涙を、カーディガンの袖口でぐいっと拭《ぬぐ》った。

拓己とこんなふうに喧嘩《けんか》になるのは初めてかもしれない。今までは不安があれば、顔を合わせて話し合って、理解し合えていたと思うのに。

でもそれはたぶん、拓己の優しさに甘えていたのだ。

本当は拓己だって、もっとひろに不満や言いたいことがあって、それをがまんしてくれていたのかもしれない。

だからひろのことが——……嫌いになったのだろうか。

そう思うと、また涙がこぼれた。

やっぱり嫌だ。恋をするってこんなに辛い。

ぐっと涙を拭ったところで、ひろはスマートフォンが震えているのに気がついた。ディスプレイには達樹の名前が表示されている。

ひろは一瞬ためらって、そして通話を繋《つな》いだ。

「——三岡から頼まれてたこと、聞いといた」

電話の向こうでがさがさとメモを広げる音がする。

ヒスイから額縁の話を聞いたあと、ひろは達樹に一つ頼みごとをした。

雀が額縁を売りに出したとき、そこには一緒に絵が入っていたかもしれない。どこかの夕暮れの風景の絵で、たぶん絵はがきだった。そのことがわかる人がいないか、檜に聞いてほしいと頼んだのだ。

「ありがとう、大野くん」

声が震えてないといいけれど。ひろはことさら明るく聞こえるようにそう言った。

「檜さんが、四木《しき》さんて人に連絡つけてくれたみたいや。吉楽家の作品をずっと扱《あつこ》うたはる人なんやて」

その人の名は四木紀之《のりゆき》というらしい。檜とそう歳《とし》の変わらない男で、あの炎の額縁を最初に扱った画廊のオーナーだそうだ。そこから様々な人の手を渡って、あの額縁は檜のもとまでやってきた。

四木が額縁を扱ったのはもう四十年も前のことだ、と達樹が続けた。ひろがヒスイから聞いていた話と同じころだ。

「四十年前の、たしか春のことやったて。吉楽雀が二十歳《はたち》のときに、四木さんはその作品を数点扱った。なんや本人からちょっとした頼みごとと引き換えに、直接買い取ったていう話や」

その一つがあの炎の額縁だ。

「四木さんが言うには、あの額縁には最初やっぱり絵が入ってたんやて。四木さんはあの額縁を、雀の家に直接引き取りに行ったんや。そのときに、売りに出すには邪魔やろて、雀が額縁から絵を抜いて置いてあったのを見たんやそうや」

「……そっか」

予想していたことではあったけれど、ひろは落胆《らくたん》した。そういうことなら、その絵は四木の手元にもないということになる。

「でも四木さんがその景色のこと覚えたはったで。ちょっと珍しかったから、よう覚えてるて言うたはった」

「どこ⁉」

ひろは勢い込んで聞いた。四十年前のことだ、覚えていてくれただけでもありがたいと思う。

「――流れ橋」

聞き覚えのない言葉に、ひろは思わず問い返した。

「流れ橋？」

「うん。八幡《やわた》にあるらしい。おれも行ったことあらへんのやけど、もっと南のほうの木津《きづ》川にかかってるらしくて、ちょっと珍しい造りなんやって」

ああでも、と達樹がつぶやいた。

「その絵、三岡が言ってたみたいな夕暮れの絵やなくて、ただの青空やったたて言うたはったよ」

ひろは一瞬瞠目して。

ああ、そうか、とそれで全部、一つに繋がったような気がした。

だから炎の額縁だったのだ。

「わかった。ありがとう大野くん」

そう言って電話を切ろうとしたときだ。電話の向こうで、達樹の声が気遣わしげに変わった。

「……三岡さ、何かあった？　最初電話出てくれたとき、泣いてるみたいに聞こえた」

ひろはぐ、と息を呑《の》んだ。それが答えのようなものだった。

「何でもないよ。……拓己くんとちょっと喧嘩しちゃっただけ。大丈夫だよ」

ひろはなんとか笑ってみせた。そうしないと、一度抑えた感情が全部あふれ出してしまいそうだったから。

「おれでよかったら話、聞くから。一人であんまり抱え込まんときな」

そう言って達樹が通話を切った、そのときだ。

「――大野と話してたんか？」

びくっと肩を跳ね上げて、ひろは後ろを振り返った。

いつの間にか拓己が、ひろのいる客間の前にたたずんでいる。こちらに入ってこようとしないから、妙に距離感を感じてまた不安になった。

「内容は聞いてへんよ。……ひろが、大野って言うたから」

言い訳がましくそう言って、拓己がくしゃりと髪をかきまぜる。

「ひろ。おれ、たぶんひろの周りの全部に、今イライラしてる」

伏せたまま視線をそらした拓己の顔が、どこか赤く染まっている。口元は苦々しく歪められていて、ままならない想いを抱えて転げ回っているように見えた。

まるで今のひろと同じように。

「大野にもヒスイにも白蛇にも。それどころか椿ちゃんや陶子ちゃんとか……ひろの大学の友だちにも」

ひろは驚いて目を丸くした。その顔がずいぶん怪訝そうだったのだろう、半ばやけになったのか、拓己がばっと顔を上げる。

「ひろはいつも周りばっかり気にして、助けようとして……。それがひろのいいところやってわかってるけど」

それでも、と拓己は部屋の前でずるりとしゃがみ込んだ。顔を隠して、そうして絞り出すようにつぶやいた。

「ひろは、おれのそばにいてほしい」

ひろはようやく気がついた。拓己が客間に入ってこないのは、きっと先ほどひろを泣かせてしまったことを気にしているからだ。

ひろがそうっと手を伸ばすと、拓己が顔を上げて困ったような顔をして。立ち上がると躊躇《ためら》いながらひろのそばへやってきた。

所在なさげに立ったたままの拓己の服の袖をそっとつかむ。その手にひかれるように、拓己がすとんと腰を下ろした。

互いに息づかいが聞こえるほど近い。それが妙に恥ずかしくて、ひろはうつむいたまま顔を上げられずにいる。

「おれさ、たぶんひろが思ってるほど大人やなくて……ひろがヒスイのこと気にかけてるんがすごい嫌で、でもこんな格好悪いとこ見せられへんて思うて……それで、ひろのことちょっと避けてた」

もごもごと口ごもりながら、ぽつ、と続ける拓己の顔は、今まで見たことがないほど弱々しくて、どこか情けなくて。

ひろの大好きな頼りがいのあるお兄さん、ではなくて――。

とても愛《いと》おしい、ひろが愛する人の顔だ。

「ふ……あはは」

ひろはおかしくなって、そしてうれしくなって、涙の滲んだ目で笑った。拓己が恥ずかしそうに、けれど少し不満そうにつぶやく。

「……何？」

「ううん。なんでもない」

やっと、ちゃんとわかったのだ。

拓己にも拓己の弱さがあって情けなさがあって、その一番柔らかくてあたたかいところに自分がいるのだと。

やっとひろにも、そう思うことができた。

わたしたちはいつだって、隣り合って並んでいる。

だからひろも、一番の心の内を明け渡さなくてはいけないのだ。

「拓己くんがわたしを避けてるんだって思って、会えなくなって……嫌われたと思ったらとても苦しかったんだ」

ひろは拓己の手をとった。

自分よりずっと大きくてごつごつしていて、とても安心する。

少し離れているだけで、こんなにさびしい。

何度も同じことで不安になって、泣きたくなって……。

これがきっと恋だ。

「さびしかった、拓己くん。もっと話したい。もっと顔を見たい。忙しくても、ちょっとでもいいから会いたい」

ほろほろと口からこぼれ出るわがままを、拓己は全部うなずいてくれた。

「……わたしのこと、ずっと好きでいてほしい」

力強い腕がひろの背に回る。

「うん。うん、ごめん、ひろ」

ぎゅうと力を込められて耳元で拓己の声が聞こえる。拓己の温度でいっぱいになる。

世界中探したって、これ以上に幸せなことなんてないと思うのだ。


——……我に返ると、途端に恥ずかしくなった。

畳の目を凝視しながら正座した両膝に拳を固めて、かちかちになったひろはぎくしゃくと拓己を見上げる。

「そんな照れんでもええのに」

呆《あき》れたような拓己の顔に、でも、とひろは唇をとがらせる。

拓己が片膝を立てた上に頬杖をついて、ひろを見つめている。それはとても落ち着いていて……やっぱりずるいとひろは思う。

だって自分と拓己は対等だ、と今自覚したはずなのに。

「拓己くん、なんか余裕だし」

もっとどきどきして顔が赤くなって、目も合わせられないほど照れたっていいのに。今のひろのように。

「別に余裕やないけど……ああ、でも気は抜けたかも。ちょっとほっとした」

気が抜けるなら、もうちょっと情けない感じになってくれないと困る。何かを吹っ切ったような穏やかな拓己はとても格好いいから。結局ひろにとっては気が気ではないのだ。

「でもこの分やと、おれたち、キスもその先もほど遠そうやなあ」

きす。と、その先。

まったく頭の中で変換できなくてきょとんとしたひろに、拓己がおかしそうに笑う。

「ほら、やっぱりまだまだや」

その瞳の奥にほんのわずかな熱を見て、ひろは途端に自分の顔が真っ赤になったのがわかった。

キス、とその先だ！

ひろももう子どもではないから、キスだってその先だって十分に知っている。……今のところ知っているだけだけれど。

「ま、まだ先！」

「わかってる」

拓己が肩を震わせた。

今のままではとても耐えられそうにない。このままならない気持ちになんとか折り合いをつけられるまで。あと少し……ほんの少し待ってほしい。

そう思うひろの気持ちはきっと拓己に筒抜けだ。そうでなければ、こんなふうに優しく笑って言うはずがないのだから。

「――いつかな」

それはどこか今までにない熱の気配がするのに。

ずっと甘く優しかった。

4

からりと晴れたその日、清花蔵の酒蔵工場――通称、蔵の駐車場には明るいグリーンの車が止まっていた。充《みつる》から譲ってもらったという拓己の車だ。

「かわいい！」

開口一番ひろがそう言うと、拓己が苦笑した。

「充さんの趣味やから」

本当はもう少し暗い色がよかったと拓己がこぼしたが、かなりの安価で譲ってもらったらしく、そこに文句をつけることはできない。

「確かに、充さんっぽいよね」

あの人好きのする柔らかな明るさによく似合いそうだ。そう言うと、拓己がぎゅっと眉を寄せた。

「……別に、おれも似合うやん。緑」

ひろのカーディガンのポケットから、ふは、と噴き出す声が聞こえた。

「くだらないことで拗《す》ねるな、跡取り」

シロだ。ポケットからひょいと金色の瞳がのぞく。蛇のときのシロは目立って表情が変わるわけではないが、それでも人であったら絶対にニヤニヤ笑っていただろう。

拓己がふんと鼻を鳴らした。

「やかましい。だいたいなんでお前が来るんや、空気読め」

「どらいぶとやらにおれも行きたいからな」

シロが心なしかふん、と胸を張って、悪びれもせずにそう主張する。シロの瞳もわくわくしているような気がして、ひろはくすりと笑った。

──その橋は京都の南、八幡にある。

正しい名前は上津屋《こうづや》橋。木津川という大きな川にかかる橋だった。

流れ橋を描いた絵はがきが、吉楽雀の彫刻が施された額縁に、かつて入っていたという。

それが唯一、炎にのみ込まれなかった絵だ。

「でもそこに行ったかて、当時の絵はがきなんか、見つけるの難しいんとちがうか?」

運転席でカーナビの画面をこつこつと操作している拓己に、ひろはうなずいた。

「大切なのは、その場所なんだと思う」

清滝のときもそうだった。

雀はきっとその場所から見える何かを、切り取って彫刻の額縁に収めてしまった。

「だからほんとは、写真とかでもいいと思うんだけど……」

助手席に乗り込んでシートベルトを締めたひろは、後部座席を振り返った。そこには大きな帆布のトートバッグがのっていた。

エンジンの音が響いて、拓己が柔らかく言った。

「ひろがそう思うんやったら、やってみたらええ──行こか」

ゆっくりと車が動き出す。

そういえば誰かが運転する車に乗るのも、久しぶりだなとひろは思った。

ひろ自身は免許を持っていないし、はな江《え》も母も車には乗らない人だった。実里や清花蔵の手伝いで何度か、それと大学で友人と遊びに行ったときに借りたレンタカーに乗ったことが、二、三度あるくらいだ。

窓の外を、ゆっくりと景色が通り過ぎていく。

いつの間にかシロが這い出してきて、膝からめいっぱい体を伸ばして、かじりつくように外を眺めていた。

「白蛇て、車初めてなんか？」

拓己が問うと、シロが首を横に振った。その金色の瞳は窓の外を眺めたままだ。

「いや、この間乗った。こういうものがこちらに入ってきたばかりのときだな。もっと遅かったし揺れるしうるさいし、煙も砂埃《ぼこり》もひどくて、あまりいいものではないと思っていた」

「…………いつの話や、それ」

シロは千年以上を生きるものだから、シロの〝この間〟は、ひろも拓己も生まれていないずっと昔だ。

千年を眺めてきた金色の瞳が、今窓の外を千切れんばかりに飛んでいく景色を、興味津々《しんしん》に見つめている。

ひろも同じものを見ようとした。

近くの並木が残像となって駆け抜ける。遠くの景色は春の太陽に照らされて、雲の影がゆったりと落ちているのがわかる。

「……巨椋池《おぐらいけ》だね」

ひろはそうつぶやいた。

京都の南には、かつて広大な池が広がっていた。大池とも巨椋池とも呼ばれた。ときを追うごとに埋め立てられ形を変え、そうして昭和のころに完全に干拓《かんたく》された。

今その場所には住宅地や学校、そして広大な畑が広がっている。

広く抜ける視界にはいまだ茶色の土が見える畑が、そしてその上を久御山《くみやま》ジャンクションが、まるで奇妙な彫刻のように青い空を切り取っていた。

拓己が少しだけ窓を開けてくれた。

「飛ばされんなや、白蛇」

答えはない。じっとその景色に見入っているシロを、ひろはそっと後ろから支えるように手にのせた。

窓からの風に髪が散らされる。春のにおいがする。土のにおい、命が萌《も》えるにおい。

埋め立てられその棲み家を失っても、この場所は変わらず命を育んでいる。

「昔はこの場所が全部池やったて思たら、スケールの大きい話やな」

拓己がぽつりとつぶやいた。

拓己やひろの生まれるずっと昔のことだ。目に映るすべてが水と、たくさんの動植物と、そして蓮の花で埋め尽くされていた。

「ああ、広かったんだ。そして……」

それはきっと、ひどく美しかったと思うのだ。

シロはするりとひろのカーディガンのポケットに潜り込んでしまった。窓を閉めてくれた拓己がそうか、とつぶやく。

「懐かしいか、白蛇」

「いや——今、ここで人が生きているなら、それでいい」

そしてきっと、いつも美しい池の底でそうしていたように、シロは静かにまどろみ始めたのだ。

広大な川を渡る一本の橋は、写真で見るよりずっと美しい光景だった。

空はずっと高く、木津川の雄大な流れのその先までを見通すことができる。

八幡の上津屋橋――通称、流れ橋だ。

「……すごいな」

拓己が思わずといったふうに、そうつぶやいた。

近くの駐車場に車を止め、土手を上がるとそこはもう木津川だった。

土手だけではなく中州《なかす》にも木々が萌え始めていて、川が二手に分かれているようにも見える。

ざぁ、ざぁと、水が流れ、砕ける音がする。

空の高いところで鳥が鳴いている。

遮るもののない場所に、風が吹き抜ける。

どう、どうと、髪を乱すその風はあたたかな春の風だ。

「ここだ……」

額縁から聞こえたその音を、ひろははっきりと覚えていた。

「吉楽雀は、この景色を彫刻したてことか」

「景色っていうか……うん、そうだね」

どう説明していいか困って、ひろはひとまずうなずく。

土手を進むと流れ橋の端にたどり着いた。欄干のない長い橋で、橋板は木でできている。左右は欄干のかわりに太い梁《はり》のような木と、それに添うようにワイヤーが渡してある。

拓己がそばの看板を見て、へえ、とつぶやいた。

「水かさが増すと橋板が流されて、またすぐ元に戻せるようにしてあるんやて」

雨や嵐で水かさが増したびたび橋が流されてしまうと、再建するのに手間がかかる。流れ橋は橋板の部分を川に流してしまうことで、氾濫《はんらん》が落ち着いたあとに、板を引き戻してまたすぐに再建できるようにしているそうだ。

欄干のない橋は少し怖い。

歩くたびに足元でぎしり、と音がする。並べられた橋板の隙間から流れる川が見える。吹きすさぶ風になぶられて、身一つで川の上を渡っている気分になる。

十五分ほどかけて、ひろと拓己はゆっくりと橋を渡りきった。

土手の上を歩いて、ちょうどいい場所を見つけると、ひろはそこに座り込んだ。

拓己が持ってくれていた帆布の鞄《かばん》を渡してくれる。その中には、小さなスケッチブックと簡易な水彩絵の具セットが入っていた。

写真でも絵でもかまわない。ただこの景色が必要なのだとすれば――ひろは自分で描いてみたくなったのだ。

「拓己くん、そのあたり歩いてていいよ」

「いい。ここにいる」

拓己の大きな手が、さらりとひろの髪を梳《す》く。

「絵を描いてるひろを見るん、好きやから」

ぐ、とひろは唇を結んだ。

やっぱり、どこかちょっとだけ歩いててほしいなとひろは思った。こうして横でじっと視線を注がれるのは、鼓動がうるさくてちっとも落ち着かないのだ。

――筆が水を吸って絵の具を滲ませる。

色は五、六色しか持ってきていないし、筆を洗うのもペットボトルの水しかないから、あまり複雑な色合いにすることはできない。

それでも描いているうちに、ひろはその景色に引き込まれた。

瑞々しい土手の緑、遠くに、それでもはっきりと存在を示す流れ橋。高く青い空には真白の雲が浮かんでいて、その影が山に落ちるのが見える。

吉楽雀のように、その音やにおいや吹きすさぶ風の温度までを閉じ込めることは、ひろにはきっとできない。

けれど今ここにいて、自然の中にたゆたう心地よさを、誰かに伝えられればいいと、そう思ったのだ。

――気がつくと二時間ほどが過ぎていた。

拓己はその間、飽きることなくひろのそばにいてくれて、ときどき膝を抱えるようにぼうっと川の流れを見つめていた。

ほとんど話すことはなかったけれど、その距離感が何より安心した。

筆洗い用のペットボトルの蓋を閉めて、パレットとともに帆布の鞄にしまう。スケッチブックは乾かしたいから、このまま持っていることにした。

「これでええんか？」

拓己がわずかに眉を寄せた。

「ヒスイが言うてたんは、夕暮れの絵やろ」

「うん。でもたぶん、これでいいんだと思う」

完成したその絵を青空にかかげて、ひろは笑った。

美しいその色は、雀が持って帰ってしまったのだと、そう思うから。

骨董商である「ひのき」の前で待ち合わせた達樹は、ひろの後ろに拓己がいるのを見て、苦笑した。

「なんや、仲直りしはったんですね」

「おれとひろが仲直りして、何か困ったことでもあるんか？」

「いいえ。その顔怖いんで止めてください」

肩をすくめた達樹を先頭に、檜が屋敷の奥に案内してくれる。その部屋にはあのときと変わらない、何も入っていない額縁が壁にかかっていた。

「……これか」

拓己が目を見張ったのがわかった。白く乾いた流木の質感を持つ額縁は、けれど確かに炎の形をしている。

「達樹くんに頼まれて、あたしも四木さんと少しばかり雀の話をしてね」

檜が額縁を壁から外しながら続けた。

吉楽雀はひどく病弱で、病院に行く以外はほとんどあの屋敷から出ることはなかった。月に何度か吉楽家の車で通院するときに、川や橋や、ときに山に足を伸ばすのだけを楽しみにしていたそうだ。

だからだろうか、と、その話を聞いてひろはどこかふと納得した。

雀の作品には自然への敬意と美しさへの感動と、そして渇望があるような気がしていたから。

自由に外を出歩くこともできず、あの幽霊屋敷から外を見つめるばかりだったのだろうか。だから人一倍、美しく広がる空や、風や、川や、そういうものへの憧憬《どうけい》が深かったのかもしれない。

檜が白い手袋をして、ひろの絵を額縁へ収めてくれた。

「せっかく描いてくれはったのに、燃えてしもてもええんやな」

「はい、大丈夫です」

自分の描いた絵が額縁に収まることに、少しの気恥ずかしさが勝って、なんだかいたたまれない気持ちだった。

壁に額縁がかかる。

途端に、ゆらり、とその縁が揺らめいた気がした。

「ああ……」

檜が落胆の声を上げた。その炎がひろの絵をちろちろと舐《な》め始めたからだ。

けれど次の瞬間。

その炎は、空を焼いた。

草木の影が長く伸びる。川に横たわる壮大な橋が、燃えるような赤に変わる。

跳ね上げる飛沫《しぶき》は赤色の宝石を砕いたように、きらきらと鮮やかだった。

燃えるような夕暮れがおとずれた。

――その日はきっと、晴れた気持ちのいい日だったのだろう。

太陽が西に落ちるその寸前、夕焼けがその青空を真っ赤に焼いた。

その美しさを、雀はこの額縁に描き出したのだ。

この炎は夕焼けの色だ。

ひろはぽつりとつぶやいた。

「額縁は……この空を待っていたんだと思います」

檜が目を見開いている。

「……きれいやなあ」

そうしてただそれだけを、ほろりとこぼした。

揺れる炎はどこか恐ろしく、けれど美しく。

檜はいつまでもじっとその夕暮れに見入っている。

檜もまた雀の――奇怪の芸術家の切り取る美しい自然に魅入られた一人でもあるのだろう。

奇《く》しくも、清花蔵にも同じ焼けるような夕暮れが訪れている。

客間の縁側に座って、深い橙色に染まる空を見上げていると、ぎしりと畳を踏む音がした。振り返ると盆を手に拓己が立っている。

「おかえり、拓己くん」

「ただいま」

ひろと清花蔵へ戻ってきたあと、すぐ戻るからと一人で車で出かけていったのだ。

そう言って、拓己はややため息交じりにあたりを見回した。

「白蛇」

するりと姿を現したシロが、うっとうしそうに拓己を見上げた。

「おれは心地よい昼寝のさなかだった。跡取りごときに、気安く呼び出せると思われては困る。おれはひろの呼びかけにしか応えないんだ」

「へえ。そやったらいらへんねんな」

にやり、と拓己が唇をつり上げた。

畳に置かれた盆の上には、ほこほこと湯気の立つ湯飲みと、ガラスの器《うつわ》に盛られたプリンが三つずつ置いてある。

カラメルがとろりと電灯の光をはじいて、細い銀色のスプーンが添えられていた。

「充さんとこのプリン。無理言って持ち帰りにしてもろた」

シロが心なしか目を見開いたのがわかった。

「あれか！　……お前とひろだけが食べたというやつだな」

シロの口調が少しばかり恨みがましそうで、ひろは思わず笑ってしまった。

充の店でデザートとして出しているプリンは、絶品なのだ。

いつだったか、充のプリン・ア・ラ・モードがおいしかったという話をしたときから、シロはずっと食べたいと言っていた。

シロは人の手で丁寧に作られたものが好きだ。特に甘い菓子を好んで食べるのを、ひろも拓己も知っている。

「……まあ、お前にも心配かけたからな」

拓己がややあって、気まずそうに言うと、シロがにゃあ、と笑った気配がした。

「跡取りにしてはいい心がけだ」

ふん、と拓己とシロが互いに顔を見合わせて笑い合う。

ひろは少し面白くなかった。一人と一匹が楽しそうで、自分だけ蚊帳《かや》の外のような気がしたからだ。

でもここで〝何の話？〟なんて問うのが、野暮であることもわかっている。

だから二人が仲良くてよかったなあという気持ちと、ちょっとさびしくなってしまった気持ちを両方のみ込んで、銀色のスプーンを手に取った。

充のプリンは固くて、濃厚な卵の味がする。

香ばしくて苦いカラメルの風味が最初に口に広がって、そのあととろりとした舌触りと、コクのある卵とミルクが通り抜ける。

このプリンがひろは大好物だ。

「……うまいな」

プリンにかじりついたシロが、その金色の瞳を輝かせて言った。

「本当に、人の作るものは悪くない」

そこにわずかな優しさが見え隠れしていて、この小さな白蛇が本当はこの町を、そして人の営みを愛おしく思う神様なのだと。

ひろはそう思うのだ。

――ぱたり、ぱたりと、花香水《かこうすい》が石の器へ落ちる音がする。

夕暮れのあと、空は藍色に町は青に染まる。

この夜の始まりの深い青色が、ひろはとても好きだ。

畳についた手にそっとあたたかいものが触れて、ひろはちらりと隣を見やった。

同じ青を眺めている拓己の手が、ひろの手に上から重なっている。

「拓己くん」

その目がこちらを見てくれる。

夜の青が映り込んで、澄んだ深い色の宝石のように見えた。

「わたしヒスイのところに行くよ」

拓己の手にぐっと力がこもる。でもこうして触れているとわかる。ひろのことをとても心配してくれているのだと。

「炎の額縁のことも、ちゃんと伝えたい」

「おれも行く」

「うん。ついてきてほしい」

拓己はこういう存外子どもっぽいところがあって、そこがたまらなくかわいいと思う。きっとこれも、恋ということなんだろう。

それに、とひろは、夜の色を帯び始めた空を見上げた。

「上手く言えないんだけど……ヒスイは、わたしを待っているような気がする」

ヒスイは何者で、張りつけた笑みの向こうに、どうしてあんなさびしさを抱えているのだろう。

ひろはそれが、ずっと気になっている。

三　「ずっと一緒」

1

清花蔵《きよはなくら》の朝は戦場である。

「ひろちゃん、コーヒー持っていってくれる。――拓己《たくみ》！　おひつ！」

司令官よろしく台所に実里《みさと》の声が飛ぶ。

テーブルに並べられたマグカップと、コーヒーの入ったポットをひろが盆にのせている横で、拓己が一升《しょうだ》炊きの炊飯器《すいはんき》からせっせとご飯をおひつに移していた。

冬の間、蔵人《くらびと》たちが清花蔵に住み込みになる間は、この炊飯器がフル稼働になる。

拓己がおひつを二つ重ねて抱え上げた。

「ひろ、おれは先行ってる。ひろは横着せんと、分けて持ちや」

蔵人たちのマグカップを、なんとか盆に全部のせようとしていたのを見抜かれていたらしい。ちょっと恥ずかしくなって、ひろは小さくうなずいた。

「うん、そうする」

「拓己、それ終わったら次あるさかいね」

こちらを見もせずに言った実里は、フライパンでだし巻き卵を量産しながら、手があいた瞬間には佃煮《つくだに》を鉢《はち》にごっそりと盛り付けていた。

寒造りの清花蔵で仕込みの行われる間、蔵人たちの食事の世話一切を取り仕切っているのは実里だ。

ひろは大学の授業がない朝、そんな清花蔵をよく手伝いに来ている。祖母が早朝からいないこともあるので、ついでに朝食の相伴《しょうばん》にあずかっているのだ。

ひろがマグカップと、コーヒーのたっぷり入ったポットを食事の間へ運ぶと、そこには職人たちがそろっていた。普段よりずっと数が少ない。仕込みもほとんど終わり、大半の蔵人たちが先んじて故郷に戻ったからだ。

残った彼らも、もうしばらくで清花蔵をあとにすることになっている。

春は別れの季節でもある。

実里の手伝いが一段落して、ひろはコーヒーの入った自分のマグカップを片手に、隣の客間へ向かった。

縁側の窓からは清花蔵の庭が見える。砂利《じゃり》の中に手押しポンプがあり、その筒先からぽたり、ぽたりと石の器《うつわ》にこぼれ落ちているのは、清花蔵の仕込みにも使う花香水《かこうすい》だ。

朝日にきらきらと雫《しずく》が輝いて、宝石がこぼれ落ちているようだった。

隣に誰かがやってくる気配がして、ひろはそちらに視線をやった。

「……やっと一息やな」

拓己が眠い目をこすりながら、ひろの隣に座った。畳《たたみ》に置いた盆にコーヒーのポットとマグカップ、パックのままの牛乳がのっている。

「ひろは牛乳いるやろ」

「うん、ありがとう」

自分のマグカップに牛乳を足してカフェオレにしながら、ひろはちらりと拓己の顔をうかがった。

どこかぼんやりとしていて瞼《まぶた》が半分ほど落ちている。ずいぶん眠たそうだ。

拓己が夜遅くまで部屋に持ち帰って仕事をしているのを、ひろは知っている。そのせいだろうか。いつもより動作も緩慢で少し幼く見えた。

拓己はひろの前でいつだって格好よく、優しくいようとしてくれている。それはとてもうれしいのだけれど、こうして素のままの拓己を見ると、胸の奥がぎゅっと甘く痛くなる。

それが愛《いと》おしいということだと、ひろは最近知ったのだ。

「夜遅くまでお疲れ様だね」

くすりと笑って、ひろは自然と手を伸ばしてさらりと髪をなでつけた。拓己の髪は艶《つや》のある漆黒《しっこく》で、触れるとするりとなめらかだ。

「……ひろに頭撫《な》でられるんも……ええな」

まだ少し眠気が残っているのだろう。拓己はどこかぼんやりとした口調でそうつぶやいた。マグカップを縁側に置いたその手が、畳についているひろの手にそうっと重なる。

「ほら」

吐息が触《か》れるほど近くで、拓己がそう首をかしげて笑うから。

「も、もう大丈夫！」

ひろは跳ね上がるように拓己から距離を取った。心臓の鼓動がうるさいくらい高鳴っている。

拓己は最近、様子がおかしい。ひろと喧嘩《けんか》をして仲直りをしたあのときからだ。

座るときはいつも肩が触れているし、気がつくと手を握られていてなんだか距離が近い。

恋人というのはもしかすると、もともとこういう距離感なのかもしれないのだけれど、とにかく今までよりもずっと近くなっているような気がする。

おかげで拓己の行動に感情を振り回されっぱなしなのだ。

拓己の視線がふ、とひろに向く。

甘くてとろけるような、そんな目でいつもひろを見ていたのだろうか。

重なっている拓己の手にぎゅ、と力がこもる。じっとまっすぐ見つめられて、その顔がゆっくりと近づいてくる。

拓己の揺れる漆黒の瞳から、目がそらせない――。

その瞬間。

きっぱりとその声が割り込んできた。

「――かふぇおれ」

シロだ。

ひろと拓己の間にするりと割り込んで、その尻尾で拓己の手をばしりと叩いた。

「………朝からうっとうしいなあ、白蛇《しろへび》」

どうしてだかうなだれた拓己が、じろりとシロを睨《にら》みつけた。重なり合っていたひろの手の上から、あたたかさが離れていくのが少しさびしかった。

ふん、と鼻を鳴らしたシロが、金色の瞳で拓己を睥睨《へいげい》した。

「牛乳は半分だ」

「注文が多いんや」

盆にはいつもどおり、シロのための空のカップがのっている。拓己がため息交じりに牛乳を半分ほど、そしてポットからコーヒーをつぎ足した。

もともとコーヒーが苦手だったシロだが、牛乳を足すとまろやかになっておいしいと気がついたらしい。最近ではコーヒーと牛乳の黄金比を探っている。

ひろは盆の上から、砂糖のポットを取り上げた。

「シロ、お砂糖はどうする？」

少し迷ったふうに首をかしげたシロが、とても慎重に、まるで秘密を告げるように厳《おご》かにうなずくのだ。

「――二……いや、三杯だな」

「甘っ……」

かたわらで聞いていた拓己が、ぎゅうと眉を寄せた。拓己はコーヒーはブラック派だ。

「白蛇といてると神様のイメージ崩れるわ。神様いうんは、もっと美しくて荘厳で重厚感あって……コーヒー飲むとしたらブラックやろ」

「かふぇおれを好んでも、おれはいつでも美しく荘厳で重厚感がある。失礼だな跡取りは」

シロは鼻を鳴らしてそう主張すると、牛乳とコーヒーが五対五のカフェオレに砂糖三杯を入れたカップに、うまそうに口をつけた。

もっと甘いほうがいいか、とかシナモンを足してみたい、などと真剣につぶやくシロに、ひろはくすりと笑う。

「シロ、最近すごくこだわってるもんね」

「ああ。今のところ一番は駅前にあるカフェの、きゃらめるくりーむこーひー、しろっぷ二倍、くりーむ増量、くらっしゅあーもんど追加だな」

コーヒーショップの呪文のような注文も、今ではひろよりシロのほうがよっぽど詳しくなっているのだ。

そしてふと思いついたように、シロがその金色の瞳に笑いの気配をのせた。

「ひろ、次の雨の日にはまた一緒に行こうな」

途端に、拓己がぎゅっと眉を寄せる。

「……お前、人の姿でひろと出歩いてんのか」

「内緒だって言ったのに！」

ひろはあわててシロの細い体を両手のひらに閉じ込めた。指の隙間からひょこっと顔を出したシロが、ふふん、と得意そうに言う。

「デート、というやつだな」

へえ、とつぶやいた拓己の、どこか冷たい瞳がこちらを向く。ひろはそろりと目をそらした。

「内緒なあ？」

うう、とひろは身を縮めた。

雨が降った日、学校の帰りに人の姿のシロとコーヒーショップに行くのが、最近の楽しみだったのだ。

「だって……シロが楽しそうだから、ちょっとうれしかったんだ」

シロが興味深そうにあれこれ迷っているのを見ると、ひろまでうれしくなる。

そうして人の営《いとな》みに馴染《なじ》んで、ときおり愛おしそうに周りを眺めて、シロの時間もまた少しずつ前に進んでいるのだと思えるから。

拓己が一瞬ちらりとシロを見た。どこかふてくされたようにぽつりとつぶやく。

「……別に、白蛇のままでええやろ。ひろが注文したらええんやし」

拓己はひろが、人の姿のシロと出かけるのをあまり好まない。それは今まで、人ならざるものであるシロとの関係を心配してくれていたからだと思っていた。

けれど少し前、ひろが他の男といるのが嫌だと、拓己がはっきり言った。

つまり、嫉妬《しっと》というやつなのだと。

じっと拓己を見つめる。その顔がふんとそっぽを向いていて、ひろは唇がむずむずと笑みの形にほころびそうになるのを懸命にこらえた。

「だって白蛇のままだと、クリームを上まで盛ったときに、シロが溺《おぼ》れそうになるんだもん」

「そのままそいつ、砂糖に漬けたったらええんや」

拓己が立てた膝《ひざ》に頬杖《ほおづえ》をついて、むすりと唇をとがらせている。その声は低く冷たく聞こえるけれど、その底には拗《す》ねたような子どもっぽい声色《こわいろ》が混ざっていて。

それがかわいくてたまらない。

ひろは手を伸ばして、拓己の頭にぽん、と手をのせた。

「今度は、拓己くんも一緒に行こう」

わずかに目を見開いた拓己が、どうしてだかうつむいてぱっと顔をそらした。

「……行く」

耳が赤く染まっているのがわかる。

空から差し込む光はすでに、初夏の様相をていしている。あたたかくてそうして隣に大好きな人と、人でないものたちがいて。

それがひろにはとても幸せなのだ。


——幽霊屋敷の庭には、遅咲きのしだれ桜が揺れていた。

ゆらり、ゆらりとその先端が風に躍《おど》っているのがよく見える。薄桃色の花びらが、風にのって遊んでいるみたいだった。

枝先で揺れる花を、ぱしりと小さな手が叩いた。猫だ。

橋の欄干《らんかん》に彫り込まれた、雀《すずめ》の彫刻から抜け出してきた縞《しま》模様の猫だった。

もこもこの手がぱしぱしと枝先で遊ぶさまを、拓己が微笑《ほほえ》ましそうに見つめている。やがてわずかに眉を寄せた。

「模様、だいぶ薄いな」

猫の体の縞柄が、周りの毛と見分けがつかないくらい薄くなっている。風化した木材の茶色がじわりと重なって、前に見たときよりもその気配が、ずっと淡くなっているのがわかった。

「——長い間雨ざらしになっているからね」

振り返るとヒスイが笑っていた。途端にかたわらの拓己が眉を寄せる。

「……ひろがずいぶんお世話になったそうで」

声色には抑えているのだろうが、険が乗っている。

「拓己くん、だよね。最初にうちに来てくれたね」

「あの時のことはほんまに悪かった。彫刻を壊して、それも謝らんと持って帰ってしもたて聞いた。おれからもちゃんと子どもらに言うて聞かせるから」

拓己が、今度は深々と頭を下げる。

幽霊屋敷に行くと言ったひろに、拓己は付き添ってくれた。あれからヒスイに会うのは初めてだから、彫刻を壊してしまった件を直接わびたいとも。

ヒスイに思うところはたくさんあるのだろうと思う。けれどこうして、人ではないものにも真摯《しんし》でいられるのは、拓己のとても格好いいところだとひろは思うのだ。

ヒスイは肩をすくめて苦笑した。

「いいよ。あの魚もここにいても……あとは朽ちていくだけだったから」

ヒスイはぱし、と枝先を跳ね上げる猫を切なそうに見やる。

「あの猫ももう、そのうちいなくなってしまうね」

吉楽雀《きちらく》が亡くなって三十年。もとより建てられてからずいぶんと経《た》つ屋敷だ。人の手の入らない家は驚くほど早く朽ちていってしまう。

その庭に放置された彫刻たちも、風雨に削られ草木に埋もれ、いつかその形を失うときがくるのだろう。そのとき、彫刻に写し取られたほんのわずかな命の欠片《かけら》も、ともに朽ちてしまうのかもしれない。

それをさびしく思いながら、ひろはヒスイに向き直った。

「この間の炎の額縁、ちゃんと絵を見つけることができたよ」

吉楽雀の炎の額縁は、檜《ひのき》の家で今でも、燃えるような夕暮れの橋をその腕に抱き続けている。

あの炎の色を思い出しながら、ひろはぽつりとつぶやいた。

「とてもきれいな夕日だった。いつか、吉楽雀が見た夕暮れなんだね」

ヒスイがわずかに目を見開いて、そうしてその翡翠《ひすい》色の瞳を、きゅうと細めた。

「……それは、美しかっただろうね」

ああ、この目だ。この声だ。

ひろは無意識に拓己の服の裾《すそ》を握りしめていた。

揺れる海と澄んだ空を混ぜたような翡翠色がぐっと深くなって、張りつけた笑みがほどける瞬間。

ほろりとこぼれる声は、胸が締めつけられるような切なさをはらんでいる。

「ひろちゃんなら、きっと見つけると思った」

それがまるで祈るように聞こえたから。自分に向けて、必死に伸ばされる手を見たような気がして。

ひろはその翡翠色を真正面から見つめて、意を決して言ったのだ。

「――わたしが、ヒスイのためにできることはある？」

息を呑《の》んだヒスイが、笑みを張りつけようとして失敗したのだとわかった。歪《いびつ》な笑顔のまま枯れたような笑い声をこぼす。

「……どうしたの、突然」

「ヒスイはわたしをいつも屋敷に入れてくれて、吉楽雀のことを教えてくれた。それには理由があると思う」

晩春の風が庭を吹き抜ける。

これは縁だとひろは思う。吉楽雀という縁が、清流の魚と清滝川《きよたき》を、憧憬《どうけい》の炎と流れ橋を、そしてひろとヒスイを繋《つな》いだ。

だからその縁の行き着く先をひろは知りたい。

そして翡翠色の瞳がはらむ切なさの正体も。

ふ、と風が止んだ。音のなくなった庭で、ヒスイの小さなため息だけが聞こえた。

「――……ひろちゃんが初めてこの屋敷にやってきて、雀の彫刻の声を聞いたと言ったとき。きっと、きみならできると思った」

ヒスイが手のひらをこちらに向かって伸ばす。その手をとろうとしたひろとの間に、すっと拓己が割って入った。ひろを背に押し込んで、ヒスイを睨みつけている。

「ひろはあんたを助けるんやろう。……でもおれも一緒にやる」

ヒスイが唇の端でほんのわずか、笑った気配がした。

「そんなに怒らないでよ、拓己くん。ぼくはただ——……」

そうして困ったように。

まるで自分でもどうしていいかわかっていないと、そういうふうに続けたのだ。

「ぼくの、帰る場所を探してほしいだけなんだよ」

窓の外で今にも朽ちてしまいそうな猫が、にゃあと鳴いたような気がした。


ヒスイはいつもの雀の部屋に案内してくれた。

「……こっちは、ひろちゃんにも見せたことなかったよね」

東に面した窓の反対側、西の壁に一つドアがあった。

深い茶色で規則正しく細長い四角の模様が彫り込まれている。何度かこの部屋を訪れているけれど、ヒスイがそのドアについて話すのは初めてだった。

ぎい、と錆《さ》びた音がした。しばらく開けていない音だった。

そこの部屋は寝室だった。

色の褪《あ》せた絨毯《じゅうたん》はすっかり毛羽立って硬くなっている。壁はかつて白かったのだろうが、日に焼けてやや黄ばんでいた。壁際にはベッドが一つ。三十年も経っているのに、すっかり褪せた布団と毛布が、丁寧に整えられているのが奇妙に映った。

ベッドのそばにはナイトライトと、カットの入った小ぶりのグラスが置かれている。まるで今でも誰かが使っているかのようだった。

「——……昼間の太陽が出ている間に布団を干しておくこと。寝る前に薬を飲む水を置いておくこと。それがぼくの役目だった」

南に面した、上が半円になっている古い窓は外開きだ。ヒスイが押し開けると、途端にカーテンが風をはらんでぶわりとふくれあがる。刺繍《ししゅう》がたっぷり施《ほどこ》された、厚く重いカーテンだった。

窓からはバルコニーに下りることができる。

一メートルほどの幅があるバルコニーは、腰ほどまである手すりが設《もう》けられていた。かつては外観と同じ白色だったのだろうが、ペンキが剝がれて木の部分が腐りかけている。

そのバルコニーは、どこかへ繋がっているようだった。

「もう四十年も前のことになるかな……ぼくはこの屋敷へやってきた」

先を歩くヒスイの、赤が一筋交じった黒髪が風になぶられる。

南の一番端の部屋、雀の寝室からバルコニーを通ってしか行くことのできない場所だ。そこはサンルームだった。

屋敷の角を利用して半円形に張り出すように作られている。他の部屋とは違い、天井から床までの大きな窓には、屋敷ができた当時のままなのだろう、歪んだガラスがはまっていた。

一番端の窓だけがバルコニーと繋がっていて、そこからヒスイに促《うなが》されるように、ひろはサンルームに入った。

ほんの小さな、四畳ほどの部屋だ。

中は薄暗く、明るい外から入ると一瞬何も見えなくなる。

やがて目が慣れて——それを目の当《ま》たりにして、ひろは息を呑んだ。

「……何、これ」

円形の床が、外から差し込む光に淡く照らされている。

床に、大きな鳥がうずくまっていた。

その陰影のあまりの迫力に、それが彫刻だと気がつくまでに、少しかかった。ひろのあとから部屋に入った拓己も、床を見下ろして目を見開いている。

「これも雀の彫刻か……」

その鳥はひろが寝転んだよりも大きかった。ぐうっと体を丸めて、半ば開いた羽はこれから飛び立とうとするところだろうか。

くちばしは太く鋭く、瞳はたっぷりと光をはらんでいるとわかるような艶《つや》やかさで彫り込まれている。

足は三本。どれにも鋭い爪が描かれていた。

「これ、三足烏《さんそくう》だ」

ひろはその太いくちばしと三本の足を見て言った。

三本足の烏《からす》は、この世ならざる伝説の存在だ。

床に彫り込まれた烏からは、確かに儚《はかな》く淡い、その人の気配がする。

「――……これがヒスイなんだね」

見上げた先で、ヒスイが口元に薄い笑みを浮かべて、そうしてゆっくりとうなずいた。

「……風の強い日だったんだ。桜の花が咲くころだった――……」

ヒスイの記憶に残っているのはただ、白々《しらじら》と訪れる夜明けの空への渇望だった。


――その大烏《おおがらす》は、人の身の丈《たけ》ほどもあった。

暁《あかつき》に向かって飛び立ったはずがどうにも力が入らなくなって、ふらふらとたどり着いたのがこの屋敷だ。

バルコニーになんとか降り立ったときには、もう立ち上がる力も残っていなかった。

冷たい床に横たわって、透かし模様の手すりの向こうで、空が淡い橙《だいだい》色に染まっていくのを見つめていた。

ああ、おかしいな。

ぼくはあそこに向かっていたはずだった。

夜明けの向こう——暁のその先へ。

かたりと音がして、大鳥はようよう首を動かしてそちらを見た。女が一人、こちらを見て目を見開いていた。

若い女だ。まだ人で言うところの、二十歳《はたち》にもなっていないだろう。

短い黒髪が今日の強い風に遊ばれて、くしゃくしゃになっている。

瞳は夜空と同じ深い黒。骨張った体は細く小さく、大鳥が羽ばたけばその風圧で吹き飛んでしまいそうなほど華奢《きゃしゃ》であった。

けれどその声だけは、好奇心を押し隠せないほどに潑剌《はつらつ》としていた。

「ねえ、どこからきたん？」

大鳥はそれには応《こた》えなかった。もう羽の一つも動かす力が残っていない。

女はちらりと西の空へ視線をやって、ほんのわずかに眉をひそめたようだった。そのときふと何かが焦《こ》げる嫌な臭いがしたような気がするけれど、気のせいだったのかもしれない。

「大丈夫？」

女の手がするりと鳥の羽を撫でた。

大鳥はあわてて身じろいだ。細い指が羽をすべっていくのがなんだか落ち着かなかったからだ。

ふと女の夜空の瞳と目が合った。

その奥に星のようなきらめきが散っていて、この空を思い切り羽ばたいていくことができれば、きっとすがすがしい気持ちになるだろう。

大鳥は不思議とそんな想像をした。

女は問うた。

「あんたはどうしたい？」

――飛びたい、自由に。暁のその先へ。

それだけが大鳥の望みだ。

だって今まではひどく窮屈だった。――なぜ？

どうしてそう思うのだろう。わからないけれど、今までとにかく狭い場所に押し込められていて、とても窮屈だった気がしたのだ。

女に言葉は伝わらないようだった。けれど、大鳥が身じろいで羽を広げようとしたことで、どうやら意図は伝わったらしい。

女は少し悲しそうな顔をした。

大鳥の頭を撫でて、女は一度姿を消した。戻ってきたときにはその手に小刀を一本持っていた。

がつり、と何かを削り、彫り込む音がどこか遠くで聞こえた。それに呼応するように、大鳥の意識はどんどん薄れていく。

遠い空に見える、暁の橙色だけが目に焼きつくようだった。

あの空へ向かって、ぼくは――……。

――……意識を取り戻したとき、すでに大鳥には〝ヒスイ〟という名前がついていた。

「あんた、小さなってしもたね」

そう言って笑う女は、そこで初めて名乗った。

彼女は吉楽雀といった。

大鳥は自分の体が、女の言うようにずいぶんと小さくなっていることに気がついた。これではそのあたりを飛び回る、普通の鳥と変わらないじゃないか！

あいつらは……自由に空を駆けることができて、いつもうらやましいと思っていたのだ。

――……それはいったい、どこで見たのだろう？

ともかく憤慨《ふんがい》し、そして落ち込んでいた大烏を肩にのせて、雀はその場所に案内してくれた。

大烏が降り立ったバルコニーの内側、半円形を描くサンルームだ。

机やスタンドランプが全部、乱雑に横に避けられていて、椅子《いす》なんかはひっくり返って嵐でも通り過ぎたのかという有様だった。

この人間は整理整頓《せいとん》というものが苦手なのかもしれない。

大烏がじとりとした目を向けたのがわかったのだろうか。雀はバツが悪そうにそっぽを向いた。

言葉は通じないのに意思が通じた気がして、少し愉快だった。

ほら、と。雀の指した先を見て、大烏はぶわりと羽を膨らませた。人で言うところの、総毛立った、というやつだ。

その床に刻まれていたのは、今にも空に飛び立ちそうな大きな鳥の姿だった。

体をぐうっと丸めて、羽は空に向かって半ば開かれている。三本足のそれぞれに鋭い爪が。太いくちばしは、暁に声を上げようとしているように見えた。

羽の先がぐるぐると太くよじれている。頭に筆で払ったような、一筋の模様があった。

「ああ、そっか。ヒスイは、自分で自分を見たことあらへんのかな」

雀はひっくり返っている机から、四苦八苦しながら引き出しを掘り当てて、その中から手鏡を取り出した。大鳥を床にそっと置いて、ほら、と鏡を向けてくれる。

それをのぞき込んで大鳥は驚いた。

ぼくはこんな姿をしていたのか。

羽は不思議にぐるぐるとよじれていて、けれど太く力強く飛び立つことができそうだ。三本の足の先には、今は小さいけれど鋭い爪が確かにある。

羽は墨《すみ》で染め上げたように黒く艶やかで、目の周りに一房、赤い羽がくるりと弧を描いていた。

大鳥はどうして雀が、自分のことを〝ヒスイ〟と呼ぶのかわかった。

瞳の色だ。

その色を大鳥は、確かに見たことがあった。

新緑の時季に雨が降ると、濡れた葉がこういう色で揺れるのを知っている。ある雨のあとの空に、雲間から射す光がときにこういう色になるのを見たことがある。

——これは翡翠色というんだ。

雀はヒスイに、自分が吉楽家という絵師の家系で、どうやら不思議な力があるのだと教えてくれた。

「彫ったものが、勝手に動いたりどっか行ったりするみたい」

雀はどこか人ごとのようにそう言った。

ふうん、とヒスイは思った。確かにこの屋敷には奇妙な気配が多い。まるで彫ったものにほんの少し、命の欠片が宿っているような――……。

ヒスイはぱっと顔を上げた。そして足元の自分の彫刻を見やる。もし人間だったら顔が真っ青になっていたかもしれない。

雀がじっとこちらを見下ろしている。そしてふと微笑んだ。

「あんたがあんまりきれいやさかい、彫りたくなってしもた」

ということはまさか、今この小さくなった自分は、彫刻にとらわれた命の欠片ということだろうか。本体はもうずっと遠く暁の空に羽ばたいていて――自分だけが雀の彫刻にとらわれたのだ。

まずい、追いつかないと！

あわてて飛び立とうとして、ヒスイは上手《うま》く羽が広がらなくて体勢を崩した。

ヒスイは混乱した。羽ばたいても羽ばたいても、羽の隙間から風が逃げてしまう。首を傾けて自分の羽を見つめたヒスイは、そうして気がついたのだ。

羽は不格好に切りそろえられたように、ひどく不揃《ぞろ》いだった。とうてい空を飛ぶには足りそうにない。それに風切り羽もなかった。

――羽を返せ！　ぼくの羽をどうした。

ばさばさと羽をアピールするその様子で、雀には言いたいことが伝わったのだろう。困ったように彼女はまなじりを下げた。

「……ごめんね。羽を彫るの、あたし忘れてしもたみたい」

唖然《あぜん》とした。忘れたなんてそんなひどいことがあるもんか。

べしゃりと床に突っ伏したヒスイの頭を、雀の指先がこつんと突いた。

「そんな落ち込まんといてよ。あんた、羽がなくたってかっこええよ」

そういう問題じゃない。大事なことだ。羽なんだよ、羽！　鳥には必要なものだろう！

恨みがましそうに見上げたのがわかったのだろう。雀がくすりと笑った。その手がヒスイの羽をそうっとなぞる。

それは、よくないとヒスイは思った。

雀の手はとても不思議だ。かさついていて骨張っていて、さわり心地なんていいはずがないのに、そうやって羽を撫でられるとどうしてだか、とても心地よくなってしまうのだ。

「ずっとここにいたってええよ。ねえ、ヒスイ」

雀の声が歌うようにヒスイを呼んだ。

——幽霊屋敷のサンルームで、ヒスイはどこか憮然《ぶぜん》とした顔で言った。

「雀はぼくがどれだけ頼んでも、羽を彫ってくれることはなかった」

だからヒスイは、雀のもとで暮らすしかなかった。

雀の力なのか、もとがこの世ならざるものだったからか、最初は言葉も通じなかったのが、ヒスイは一年ほどで人の言葉を話し、それからまた一年も経つころには人間の姿をとれるようになった。

そしてヒスイがバルコニーに降り立ってから、十年が経ったころ。

「雀は死んだ」

まだ三十歳にもならない歳《とし》だった。

あまりに早いその死を悼《いた》むように、ひろはそっと目を伏せた。

風が庭の木々を通り抜ける。雲が抜け太陽がさあっと差し込んだ。木々が風に吹かれるたび、床に刻まれた大鳥の彫刻の上で枝葉の陰影が揺れた。

ヒスイの声が、ほろりとかすかにこぼれるのを聞いた。

「……ここにいろと、言ったくせに」

ふ、と息をついて、ヒスイは切り替えるようにぱっと両手を広げた。

「――だからいい加減、ぼくはここから解放されたい。きみが清流の魚を元の場所に返したように、ぼくも自分の本体のいる場所に戻りたいんだ」

こつりとつま先で己の彫刻を示す。ヒスイは暁に向かっていた巨大な三本足の烏から切り取られた、わずかな命の欠片だ。

だからどこかに、本当の戻るべき場所があるはずなのだ。

それに、とヒスイは困ったように眉を寄せた。

「この屋敷にも、そんなに時間は残されていないだろうしね」

雀が住んでいたのは四十年ほど前からだというが、屋敷自体はずいぶんと古いものらしい。床の軋《きし》みはひどく壁はあちこち剝がれている。この分ではいつ崩れ落ちてもおかしくなさそうだった。

ヒスイの彫刻は屋敷の床に刻まれていて、持ち出すことはできない。この屋敷が朽ちてしまえば、ヒスイもたぶん消えてしまうのだろう。

ひろはうなずいた。

「わかった、やってみるよ」

どうすればいいのか見当もつかないけれど、その手が自分に向かって伸ばされているのなら、払いのけることはひろにはできない。

拓己が腕を組んで、足元の彫刻を見つめた。

「元の場所ていうても、大烏の棲《す》み家《か》を探すていうことか？」

ううん、とひろも首をかしげた。そもそも棲み家というものがあるのだろうか。ずっと空を飛んでいるのならば正直お手上げである。

ひろは顔を上げてヒスイに問うた。

「ヒスイは、どこから来てどこへ行こうとしていたの？」

「ぼくは暁の空の先を目指していた――」

す、と窓の斜め向こう、東の空を指したヒスイは、ふいに困ったようにその唇を結んだ。

「……でも覚えていないんだ。ぼくは……どこから来たんだろう」

途方に暮れたようにうつむくその姿は、まるで帰り道がわからなくなった、迷子の子どものように見えたのだ。

――清花蔵の客間でひろは、花香水がぽたり、ぽたりと石の器に落ちているのをじっと眺めていた。

「自分がどこから来たか覚えてへんて、お前たちもそんなことがあるんか？」

ひろの隣に座った拓己が急須《きゅうす》から湯飲みに茶を注いだ。ほうじ茶だ。香ばしいにおいが立ち上って、無意識のうちにひろはほっと息をついた。

膝の上にのった白蛇姿のシロが、ややあってうなずいた。

「人間だってそうだろう？　おれも生きてきたすべてを覚えているわけではないし、自分の始まりがどこだったか、あやふやだからな」

そういうものか、とひろはそのシロの頭を撫でた。

シロは洛南《らくなん》の水の神だが、たとえばその命の始まりが最初の水のひと湧きなのか、ここがまだ海であったころのある日の潮騒《しおさい》なのか、それとも空から降り注ぐ雨の一滴なのか。それはきっと途方もない話なのだろう。

だが、とシロは、拓己が置いたほうじ茶を、体を伸ばして器用にすすっている。

「あの屋敷から解放されたいなら、自分で勝手に逃げ出せばいい。屋敷が朽ちればその縛りはなくなるだろうし、羽の一つや二つ、自分でなんとかできそうなものだ」

三本足の烏はこの世ならざるものの中でも、強い力を持つものだ。

猫や蝶々《ちょうちょう》や魚の化身であるならまだしも、ほんのわずかでもその力の欠片が切り取られているなら、そのくらいできて当然だと、シロがその金色の瞳に酷薄《こくはく》な笑いの気配を滲《にじ》ませた。

「――あれが、本当にそうであればな」

「……違うの？」

思わず問うたひろに、シロがふん、と鼻を鳴らす。

「吉楽家の血が切り取るものは、必ずその本質を宿している。たとえわずかな命の欠片だとしても、あの大鳥が羽がないから飛べないと嘆くとはおれには思えん」

どこか懐かしむようなシロの声音《こわね》は、いつかを思い出しているのかもしれなかった。

ヒスイは己がこの世ならざる大鳥であることを、疑っていないように見えた。けれどどこから来たかは覚えていない、どこに行くかだけがはっきりしている。

ヒスイは何者で、その本当の居場所はどこにあるのだろう。

ひろがううん、と考え込んだときだった。

拓己の大きな手が、ぽん、とひろの肩を軽く叩いた。

「ちょっと休憩しよか、考えすぎて疲れてるやろ」

そう言って拓己が台所から持ってきてくれたのは、木の鉢に盛られたそばまんじゅうだった。一つひとつは一口で食べられてしまいそうな大きさで、あたためてくれたのか、ほこほこと湯気を立てている。

「こういうときは甘いもんやろ」

「わあ、おまんじゅうだ」

ひろは目を輝かせてさっそく鉢に手を伸ばした。二つに割ると、香ばしく甘い香りの湯気がぶわりと立ち上った。

シロが笑う気配がする。

「跡取りはいらないんだろう」

拓己はこういう、甘くてもそもそとした食感の菓子があまり得意ではないらしいのだ。

「一つくらいはよばれる」

鉢に伸ばした拓己の手を、シロの尾がぱしりと払いのけた。

「全部おれとひろで食べような」

シロが小さなまんじゅうをぱくりとひとのみにして、むっとした顔の拓己をにやりと見やった。

ひろはこの素朴《そぼく》で香ばしいまんじゅうが大好きだ。厚みのあるしっとりとした皮の食感と、じわりと染み渡るようなほっくりとした餡《あん》の甘さが、ほっとさせてくれる。

鉢のまんじゅうをひろとシロですっかり空にして、ひろはほうじ茶を手に縁側から空をあおいだ。

空はだんだんと橙色に染まり、まだ少し早いけれど夕暮れの気配がする。今日は空の端まですっきりと晴れているから、鮮やかな夕焼けが見られるかもしれない。

たとえばあの炎の額縁のような、空を焼くような夕暮れだ。

ひろはふと眉を寄せた。

「大野《おおの》くんが……言ってた」

頭の隅《すみ》で何かが引っかかっている。

この夕暮れの鮮やかな色を得るために、炎の額縁のことを調べてもらったときだ。達樹が楢に聞いてくれたことを、一生懸命思い出す。

あの炎の額縁は、生前ほとんど作品を売らなかった雀が、珍しく手放したものだった。

四木《しき》という、吉楽家と繋がりのある画廊のオーナーがいて、彼が生前の雀から直接あの額縁を買い取った。

確か〝四十年前の春に、ちょっとした頼みごとと引き換えに〟扱ったと言っていなかったか。

「……四十年前の春だ」

風の強いその春に、ヒスイも雀の住む桃山《ももやま》の屋敷へ降り立った。

作品をほとんど売ることのなかった雀が、ちょうどその春に「頼みごと」と引き換えに彫刻をいくつか手放した。

偶然だろうか、とひろは思う。

拓己が一つため息をついて、畳に投げ出されていたスマートフォンを手に取った。

「大野に頼んで、その四木さん言う人と話せへんか聞いてみるか」

どこか不本意そうなその顔で、じろりとこちらを見やる。

「……もし大野と会うんやったら、今度はおれも行くから」

むすりとそう言ったこの人が、今はかわいいと思うから。

「ありがとう、拓己くん」

ひろはくすりと笑ってうなずいたのだ。

拓己が電話で話してくれている間、ひろはぼんやりとヒスイの、あの美しい瞳の色を思い出していた。

雀の彫刻から解放されたいと願うヒスイは、けれどそこに隠しきれない切なさをいつも滲ませている。

その正体をひろは知りたくて、そして叶うなら、その想いを拾い上げるのが――ひろの役目だ。

「わたし、ヒスイを助けたい」

いつの間にか通話を切った拓己が、そうか、とぽつりとつぶやいた。

畳の上に投げ出されていたひろの手に、拓己の大きな手が重なる。ぎゅっと握りしめてくれたそれが、小さく震えているような気がしたのは、ひろの気のせいだったのだろうか。

人ならざるものを助けたいと、そう言ったその子の瞳には、夕暮れの赤色が溶けている。

それはとても美しいけれど、拓己の心をざわつかせるには十分だった。

夕暮れは美しく、そしてときどき、ひどく焦燥を感じるものだから。

「ひろ」

重ねた手に力を込める。彼女はすぐにこちらを向いて、笑ってくれた。少し顔が赤くなっているから、照れているのだとわかる。

夕暮れの赤が滲む瞳が、拓己の顔をのぞき込んだ。

「どうしたの拓己くん？」

どうやら自分はずいぶんな顔をしているらしい。ひろの声が不安そうに揺れているのがわかった。

べしりと膝を何かに叩かれた。白蛇だ。金色の瞳がこちらを睥睨している。

この白蛇はひろの感情にひどく敏感で、ひろを不安がらせてしまったことへの抗議らしかった。

「何でもない、ちょっと寒いな」

そう言って笑うと、ひろがほっとしたように「そうだね」と返してくれた。これでごまかされてくれる彼女が微笑ましい。

けれど拓己はふと思い直した。

この間ひろを泣かせてしまったとき。不安なことも怖いことも、全部伝えようと決めたのではなかったか。

彼女の前では、どんなに大人げなくたってかまわないのだ。

「——あのな、ひろ。おれちょっと不安になった」

ひろがわずかに動揺したのがわかった。ひろは感情が全部顔に出る。嘘《うそ》も隠しごとも苦手な彼女が、拓己はかわいくてたまらない。

そうして拓己の吐露に真剣に向き合うのだと気合いを入れて、居住まいを正して正座するところなんかも。

「あのね、拓己くん。大野くんは友だちだから大丈夫だよ」

拓己はきょとん、として、ああなるほどと納得した。

どうやら後輩に嫉妬していると思われているらしい。それを指摘されるのはひどく格好悪く思えて、頭を抱えたくなった。……だがそれも事実ではあるのだけれど。

拓己の複雑な表情に気づいたのだろうか。ひろはあわてて付け加えた。

「ヒスイのこと？　でもちゃんと拓己くんも誘ったし……」

大丈夫だよね、とこちらをうかがってくるひろに、試しに拗ねた振りをしてみた。

「じゃあ白蛇は？　雨の日に二人でデートしてるんやろ？」

抗議の声を上げかけた白蛇を、がしっとつかんでおくのは忘れない。白蛇姿でじたばたされたところで、腕にばしばしと尾が当たって痛いくらいで、実のところ大したことはないのだ。

「シロは友だちだから。それに最近、いろんなところに行くのがうれしそうなんだ。だからできればこれからも一緒に行きたい……」

腕の中で、今度はぱたぱたと歓喜に震えている白蛇がうっとうしい。

こういうときに、一度うなずいておいて内緒にしておくとか、ひとまずごまかすということができないのがひろだ。

ああ、本当にだめだなと拓己は口元を手で覆《おお》った。

自分のために困っている彼女が、かわいくてたまらなくて。

おれは本当にどうしようもない男だ。

拓己はふ、と笑った。

「ごめん、冗談や」

白蛇を放すと、最後に拓己の腕を渾身《こんしん》の力でバシンと叩いて、するりとひろの膝へ戻っていった。無言でひろのカーディガンのポケットに身を隠したのは、あの白蛇なりの気遣いなのかもしれない。

拓己は重ねた手にぎゅっと力を込めた。

「……不安なのは、ひろのこと」

ひろがほんの少し目を見開いた。

「ひろは優しいから、人やないものをすぐに助けようとするやろ。それはええことやと思うんやけど……おれはすごく怖い」

今まで拓己はひろの道を、彼女が一人で歩いていけるように応援してきた。その気持ちは今だって変わらない。

でもこの恐怖も不安も、わかっていてほしいと思う。

「おれはずっと怖いんだよ。ひろがいつか白蛇みたいな、人やないものの世界に行ったまま戻ってこうへんくなるんやないかって」

自分の声が震えているのがわかる。

本当に、たまらなく、泣いてしまいそうなくらい怖いのだ。

「――本当に、怖いんや」

ひろが唇をかみしめるのがわかる。

願わくば、全部を放り投げて普通の女の子のように生きてほしいと思う。でもそれを選ぶのはきっとひろではないから。

「……ごめんね、拓己くん」

ひろの答えなんて、拓己だってもうわかりきっているのだ。

「わたしは、わたしにできることをしたいんだ」

知っている。そのためにひろがどれほど努力しているのかも、どれほど悩んでその道を選んだのかも全部知っているから。

ひろの小さな肩を抱き寄せて。

涙の滲んだその顔を、絶対に見られたくないと思ったのだ。

2

京都の中心部、四条烏丸《しじょうからすま》をやや南へ下ったところに、四木紀之《のりゆき》の家兼画廊はあった。

四木紀之は七十歳も半ばの男だった。ふっくらと頬をたるませた柔らかい輪郭《りんかく》は恵比寿《えびす》様を彷彿《ほうふつ》とさせる。

「──画廊ていうてもね、もうずいぶん前に店は畳んでしもたんですよ」

今は得意先や百貨店に細々と品を卸《おろ》しているそうだ。もう隠居の身だよ、と四木は皺《しわ》だらけの顔を、さらにくしゃりと崩して笑った。

大野から檜伝手《づて》に紹介してもらった四木は、ひろと拓己を快《こころよ》く己の家に招待してくれた。

中はいまだ店を開けていたときの名残で、ガラスケースが四方に並べられ、中には絵はがきやブローチ、手のひらに収まりそうなほどの絵など、雑多にものが並んでいる。

壁には空の額がいくつも下がり、飴《あめ》色の一枚板の机と革張りのソファセット。外開きのガラス扉の向こう側に、シャッターの無骨な背面が見えていた。

今でもここで客と商談をするのだそうだ。四木はひろと拓己をそのソファへ案内してくれた。

すぐそばのアンティークのスタンドランプから、橙色の明かりがほろりとこぼれている。ランプの傘には文字のような模様が、細かな刺繍のように施されていた。

足元の絨毯にも壁に下げられたタペストリーにも、複雑な紋様が織り込まれていて、どこか異国情緒漂う雰囲気に、ひろは興味深そうにあたりを見回した。

「隠居してからこっち、あちこち旅行に行くのが楽しくてね」

ガラスのテーブルに四木が置いてくれたのは、細かな模様が散りばめられた色鮮やかなカップだった。注がれたミルクティーからは、ほんのりとシナモンの香りがする。

「マーケットやら蚤《のみ》の市《いち》やらで、面白そうなもん買《こ》うてきたりして。画廊なんか骨董《こっとう》商なんか、最近はようわからんなってしもてるねえ」

ひろはふとあたりを見回した。

ここはいろいろな音が聞こえる。

あのタペストリーからは異国の音楽だ。誰かがつま弾く弦楽器の音は、聞いたことがないはずなのに、どこか懐かしい。

馬の蹄《ひづめ》が地を蹴《け》る、風が吹きすさぶ音に混じるのは、火がはぜるたき火の音。

織物からは柔らかな女性たちの笑う声が、雑踏の物売りたちの声が、子どもたちが楽しそうに歌う声が織り込まれている。

「どれも、すごく素敵なものですね」

「……檜さんから聞いてるえ。あんたが蓮見《はすみ》神社の子やね」

四木がその細い目を、ますます細めた。

「ぼくは蓮見さんとこにはお世話になったことはあらへんけど、ここで長いこと生きてたら、話くらいは聞いてるえ――……檜さんとこで、吉楽雀の作品を見たんやてね。中の絵を見つけはったとか」

まるで品定めをされているようだとひろは思う。伏せた瞼の下からこれまでに生きた全部をのぞき見されているようだった。

「あの額縁自身が自分の中に飾られる絵を、探しているような気がしたので」

ひろはその目を臆することなくまっすぐに見つめ返した。拓己が、己の手をそうっと握りしめてくれているのを感じる。

大丈夫だと、そう言ってくれているような気がした。

「それにわたしが見たかったんです。雀がかつて見た景色を」

四木は一瞬瞠目《どうもく》し、そうしてくしゃりと笑みを浮かべて、そうかとうなずいてくれた。

そのときだ。


――こころを。ここへ。


ひろははっと顔を上げた。あたりを見回す。

確かに聞こえた。淡い想いを宿した骨董品の音ではない。誰かがはっきりと意思を持っていると、そうわかる声だった。

四木が奇妙な顔でこちらを見つめている。

その後ろ、ガラスケースの中だ。


――おいていく。ここに。わたしの、心を。


ひろは立ち上がって、ガラスケースに歩み寄った。

中には値札もついていない小物が雑多に収められている。その中、革張りのトレーの上に所在なく置かれているそれに、ひろは目を奪われた。

一本の小刀だ。

ひろでも扱えそうなほど小さく、柄《つか》と鞘《さや》を足しても二十センチもない。白木の鞘に入っていて、真ん中に柄と分ける線が入っていた。

鞘には彫刻が施されていた。荒く彫り込まれた女の人の顔だ。

ひろは見たことがないはずなのに、その人が誰かわかってしまった。


――ひすい。

胸が引き絞られるような痛みを感じる。その声が、強くその名を呼ぶからだ。

「……これは吉楽雀ですか」

そう問うと、四木が驚いたように、その細い目を丸く見開いた。

――吉楽雀は世間で言うところの、薄幸の娘だったという。

ソファに戻ったひろの前で、四木が懐かしむように視線を遠くへ投げた。

「ぼくのうちは、明治のころからずっと吉楽家に贔屓《ひいき》にしてもろてたみたいでね」

吉楽家――吉楽一派はもともと、平安時代から続く絵師の一族だ。朝廷や貴族の屋敷で、襖《ふすま》絵《え》や障子《しょうじ》絵《え》を描くことを生業《なりわい》にしていた。だが他の有名な絵師の派閥《はばつ》に押されて、歴史にその名を刻むことはほとんどなかったといっていい。

それでも今でも、細々と画壇に絵師を輩出し続けているという。繊細な筆遣いと写実的な表現が昔から高く評価されているそうだ。

そんな吉楽の絵には、ときに奇妙な噂《うわさ》がつきまとった。

「親父もおじいさんも、そのまたおじいさんも、みんな言うたはったんや」

――吉楽の絵には、妙なのがある。

「絵が動いたり消えてのうなったりする。そういう絵を描く絵師が、稀《まれ》に現れるんやて。ぼくも不思議やと思たけど、〝そういうもんや〟て言われた」

この仕事は、人の理《ことわり》でとらえきれないものと出会うことが多いのだ。そうだと割り切るのが肝要《かんよう》なのだと、四木はからからと笑った。

だがそれもまた昔の話だと四木は言った。

「うちのおじいさんが、そういう絵を一度見たて言うたはったぐらいでね。吉楽の不思議も幻《まぼろし》か怪談かて、正直ぼくも思うてたんやけどね」

吉楽雀が現れたのは、そんなおりだった。

吉楽の分家の子として生まれた雀は、両親を早くに亡くした。本家が引き取って面倒を見ることになったのだが、もとよりひどく病弱で、医者の手がかかせない子どもだったそうだ。

だが幼い雀が作品を彫り始めたとき、周囲はみな気がついたのだ。

この子こそが、吉楽一派の〝不思議〟を継いだ子なのだと。

結局、彫った彫刻が動くだとか、作品からすぐに描いたものがいなくなってしまうと、雀はずいぶんと気味悪がられたらしい。

「そらそうやね。昔の吉楽かて、そういう子は気味悪がってたみたいやし。ましてや……今はなかなか受け入れられへんやろうしねえ」

さびしそうに四木が言った。

こうして、シロたちのようなものは忘れられていくのかもしれない。

シロの棲み家が失われてしまったように。かつて神であった木を誰も祈らなくなってしまったように。

人とそうでないもの、人の理から外れたものとの間は、今も少しずつ遠ざかっているとひろは思う。

それは、とてもさびしい。

――結局、吉楽家は雀を扱いきれなかった。

雀はしばらく使われていなかった、桃山の洋館をアトリエとして与えられ――つまりはそこに押し込められた。

世話をする通いの人間と、何日かに一度病院に連れていく車を手配してくれたのが、吉楽のせめてもの温情だったのかもしれない。

ともかく、雀は高校を卒業してからずっと、あの屋敷でたった一人きりだったのだ。

それが四十年と少し前の話だ。

ぽつり、と四木が続けた。

「四十年前の、あれは春やったと思う。……風の強い春やった」

雀から四木に連絡があった。吉楽家を通さない、雀個人からの連絡だった。

頼みたいことがある――そのかわりに作品を数点、好きに扱ってくれてかまわないと。

四木はそれに飛びついた。

「あのころ雀の作品は幻みたいなもんでね。展示会や展覧会で作品を見て、素晴らしい腕やていう人と、奇怪な彫刻家やて気味悪がる人と両方いたはった」

そしてそういうものには、得てして贔屓がつくものなのだ。

「うちの贔屓筋にも見てみたいて言う人が多くてね。ぼくも隠居した父の跡を継いだすぐやったし、雀の作品を扱えるんやったらこれ幸い、なんでもするて思た」

四木が初めて彼女の屋敷を訪れたその日、世話人はおらず、雀が一人で出迎えてくれた。

吉楽雀は線の細い華奢な娘だった。抜けるように白い肌は美しいというよりは病的で、あちこち骨張っていた。今にも折れてしまいそうなあの腕で、よくも木を彫り込んで彫刻などできるものだと、驚いたのを四木は覚えている。

「……あの目をね、ぼくは忘れられへん」

澄んだ黒い瞳だった。どこもかしこも細く頼りないのに、目ばかりが爛々《らんらん》と輝いている。生の力強さをその瞳だけに押し込めてしまったように見えた。

雀は自分の作品に、強い執着があるといったふうではなかった。頼みごとを呑んだ四木に、どれでも好きなものを持っていっていいと言ったのだ。

──どれもうちのお気に入りやから。大事にしたってね。

そう言って自分の作品を眺める雀は、まるで美しい景色の中にたたずんでいるように、遠く澄んだ目をしていた。

そうして四木は、その日初めて──吉楽雀の彫刻の、その本質に触れたのだ。

風が吹くたびにゆらりとそよぐ柳の枝、目を離すと羽を膨らませている小さな椋鳥《むくどり》。ゆらりと揺らめく、炎の額縁。

まるで命をそのまま閉じ込めてしまったようだった。

奇怪の芸術家とはよく言ったものだ。なるほど、恐ろしく不気味で……なんて美しいのだろう。

「あのときぼくはようやくわかった。この作品は、ちゃんとわかってくれる人のところに届けなあかんのやて。それが、ぼくの商売人としての矜持《きょうじ》なんえ」

誰に売ってもこの奇怪な彫刻は金になるだろう。でもそれではだめだ。雀と同じように、彫刻の向こうにある自然を愛《め》でることのできる人でないと。

そのとき、四木が雀の屋敷から持ち帰った中に、炎の額縁があったのだ。

「ぼくも懸命にやったよ。雀の作品を売った人の中には、大事にしてくれる人もいたし、この人やて思うても、額縁みたいに気味悪がられて転々としたものもあった」

ぼくもまだ未熟だったと、四木は肩をすくめた。

だからかとひろは思う。さきほど四木に値踏みされているように感じたのは。

四木がくしゃりとその顔を皺だらけにして笑った。

「思えばあのときに、ぼくは雀の彫刻に、とりつかれたのかもしれへんね」

「わたしもわかる気がします」

ひろも口元に笑みを浮かべてうなずいた。

「雀の作品は、見ていると本当に自然の中にいるみたいなんです。……きっと彼女もこの光景を見ていたんだなあって……そう思うんです」

そしていつの間にか見入って、吸い込まれていってしまいそうになるのだ。

雀の作品の美しい幻の中に。

「あんたも、雀にとらわれた一人なんやなあ」

四木の瞳には、老いてなおその目の奥に、懐かしさとともに情熱がゆらりと揺れている。

あの美しい不可思議な作品と関わることができる、そういう熱だ。

みな吉楽雀の彫刻に、とらわれている。

ぐっと、ひろの手が握りしめられた。拓己だ。顔を上げてひろはその手を握り返した。

大丈夫、どこにも行ったりしないからと、そういう意味を込めて。

拓己に促されて、ひろは四木と向き合った。

「四十年前、雀の作品を扱ったときに、彼女から頼みごとをされたんですよね」

ああ、と四木がうなずいた。

「なんやったかね、そう大したことやなかったんやけど……ああ、なんや探してほしいて言われたね」

スパイシーな香りが漂うミルクティーをすすって、やがて四木が思い出したように顔を上げた。

「確か――大鳥やね」

ひろと拓己は思わず顔を見合わせた。

「大きな三本足の鳥で、黒い濡れ羽に一筋の赤い羽、翡翠色の瞳を持ってる――たぶん、絵やろうて雀は言うてたね」

「絵、ですか……？」

思わず問い返したひろに、四木がそうそう、と何度かうなずいた。

「それでぼくもびっくりしてね。まさか雀が、あの絵のことを知ってるんかて思てね」

その奇妙な言い回しに、拓己が眉を寄せて慎重に問うた。

「そう言わはるてことは、四木さんはもともとその大鳥の絵のことを、知ったはったいうことですよね」

四木がにやり、と笑った。

「ぼくら京都の画廊の間では有名な話やったんや。それがほんまやったら、えらいことになるんとちがうかてね」

──伏見《ふしみ》のある屋敷に未鑑定の古い襖絵がある。そこには三本足の大きな烏が描かれているそうだ。

「黒い濡れ羽に頭に一筋の赤い羽。筆遣いはやや荒く力強く、その瞳は翡翠色」

四木はとっておきの秘密を話すように、そうっと囁《ささや》いた。

「──あれは若冲《じゃくちゅう》かもしれへん」

伊藤《いとう》若冲、と思わずそう言ったのは拓己だった。

ひろもさすがにその名前くらいは知っている。

江戸時代に活躍した京都の絵師だ。躍動感にあふれ、極彩色に彩《いろど》られた動物の絵が有名で、ひろも美術館で展示されていたものを見に行ったことがある。

商家の出であった若冲は、京都の町とも関わりの深い絵師だった。

四木が言った。

「伊藤若冲は晩年、伏見に住んでたんやそうや。周りのお寺さんに作品も残ってるから、そのころの絵やないかて話やった」

　未発表の若冲の絵となれば、どれほどの価値があるかわからない。

「頼むし鑑定してくれて言うてはったみたいやけど、持ち主の人が頑《かたく》なに嫌がらはってね。でもみんな機会があったら扱いたいて、虎視眈々《こしたんたん》狙っとった。もちろんぼくも一度見てみたい思てたんやけどね」

　四木の優しげな恵比寿様の笑顔の奥に、商売人らしい抜け目のなさが浮かんでいる。

　雀に頼まれた四木はその絵が噂通り、確かに翡翠色の目を持つ三本足の大烏だったということを調べ上げた。

　そうして四木は、その笑みを引っ込めて本当に残念そうに言ったのだ。

「……その春にね、お屋敷ごと焼けてしもたんやて」

　一瞬の間があった。ひろは息を呑んで、恐る恐る問い返す。

「その襖絵、なくなっちゃったんですか……？」

　自分の声が少し震えていることに気がついた。四木がうなずいた。

　失火だったそうで、風の強い夜だったことも不幸だった。幸いけが人は出なかったものの、屋敷はすべて燃えてしまったそうだ。

「そこは古い宿で、いろんな骨董品や美術品があってね。縁があって修復と保存で手を貸したんやけど……例の襖絵は、屋敷と一緒にのうなってしもた」

本物を一度拝んでみたかったものだと、四木がつぶやいた。

きちんと鑑定すれば文化財になりうる絵だったかもしれない。画廊の仲間たちはそろって肩を落としたという。

絵が燃えてしまったことを伝えたら雀もずいぶんと残念がっていたそうだ。

不思議なのは、と四木はどこか面白がるように言った。

「雀はその絵を見たことも、若冲の絵かもしれへんいうことも知らへんて言うてた。……なんで、鳥の姿を言い当てたんやろうなあ」

——雀のそばに、その鳥がいたからだ。

ひろは膝の上で拳《こぶし》を握りしめた。思いあたった想像に体がさっと冷えていくのを感じた。

だから雀はヒスイの彫刻に——風切り羽を描けなかったのだ。

四木が立ち上がって、ガラスケースの中から革張りのトレーを取り出した。そこには雀の小刀がのっている。

——こころを、ここに。

慟哭《どうこく》が聞こえる。あの小刀が泣いている。身が千切れるような想いの声が聞こえた。

「……それから十年ほど経ったころかな。また雀に呼び出されてね。もう……長くないて見てすぐにわかった」

呼ばれて雀の屋敷を訪れると、また頼みごとがあると彼女は言った。

雀は屋敷の中の作品を、できるだけたくさんお金にかえてほしいと四木に頼んだ。そしてその金で、この屋敷を吉楽家から買い取ってほしいのだとも。

それが雀の最期の頼みだった。

あれこれ手を尽くした四木は、吉楽家に幾ばくかの金を払って、あの古い屋敷が朽ちるまで人を住まわせないように頼んだ。もとよりうち捨てられていたような別荘だったから、妙な顔をしながらも吉楽家もすんなり承諾したらしい。

雀はそれを聞いて安心したように微笑んだ。

雀が死んだのは、それからほんの数日後のことだった。まだ三十歳にもならない、ある春の日だった。

四木はそこで深く嘆息した。あまりにも早い天才の死を嘆き、あまりにも若い娘の死を悼んでいるように見えた。

雀の死後、四木はその屋敷から値のつきそうなものをすべて運び出した。このまま屋敷に置いておくだけでは、ただ朽ちるばかりだ。

一人でも多く、彼女の描き出したこの美しい世界を見てほしかった。

「ぼくも商売人やからね。雀の作品はどれも大切にしてくれはる人に売ったつもりや」

それはきっと、彫刻からときどき蝶々がいなくなっても、彫り込まれた鶯《うぐいす》が身じろぎしてもそういうものだと受け入れ、それを美しいと思える人のところということだ。

四木が小刀を指して、困ったようにまなじりを下げた。

「これはそのときに、間違って持ってきてしもたんや。作品やろうて思たんやけど、雀のサインが刻まれてへんのに気づいてね」

吉楽家に返すと言ったのだが、断られてしまったそうだ。それきり、四木の手元に置いたままになっている。

ひろは四木にことわって、鞘から刃を抜いた。使い込まれたせいかそれとも古いせいか、刃は潰れていてもう何も彫ることはできなさそうだった。

そっとその白木の鞘に指をすべらせる。

使い込まれてつるりとしたその鞘に、粗《あら》く人の顔が……雀の顔が彫り込まれている。横顔だった。少し顎《あご》を上げて、どこか遠くを見つめているようだった。

――こころを、ここに……ひすい。

その声を聞いたら、ひろはいてもたってもいられなくなった。

「四木さん、この小刀を買い取ることはできますか」

雀は全部知っていたのだ。

だからヒスイに羽を彫らなかった。屋敷を残し……自分の一番身近にあったこの小刀に、思いを刻んだ。

だからこれをあるべき場所へ返してやりたい。

それが、この縁の繋がる先なのだと。ひろはそんな気がした。

――宇治《うじ》川派流《はりゅう》は、その流れに春の太陽を緩やかに反射していた。

四木が、若沖かもしれない絵を持っていたという伏見の宿を紹介してくれることになった。だが約束は夕方からである。

一度蓮見神社に帰ったものの、そわそわとしているひろを派流に誘ってくれたのは拓己だった。

葉桜が風にそよぐたびに、水面《みなも》に落ちる陰影が揺れる。

かつて都と大阪を繋いでいたこの派流は、今はその役目を終えたかのようにゆったりとただ美しくあるだけだった。

前を歩く拓己がぽつりと言った。

「よかったな、小刀譲ってもらえて」

「うん」

小刀を雀の屋敷に返したいと言うと、四木は快くそれを譲ってくれた。明日、ひろの家に届くように送ってくれるそうだ。

その小刀にはきっと帰りたい場所が、そして待っている人がいるのだと。そう言ったひろに、四木はわずかにうなずいただけだった。

それが雀の作品と同じ不思議な世界のできごとだと、彼もどこかで気がついているようだった。

あんなふうに不思議なものと隣り合わせに、穏やかに生きていくことができればいいと、ひろはいつだってそう思う。

拓己の手は、しっかりとひろの手と繋がれている。

子どものころ、ずっとこうしてくれていたのを思い出して、ひろはどこか懐かしい気持ちになった。

ふいに振り返った拓己が、ふ、と口元を緩めたのがわかった。

「ちゃんとつけてくれてるんやな」

それ、と首元を指されてひろは、一瞬きょとんとして、次の瞬間、ぶわっと顔に熱が上ったのを感じた。

小さな石のついたピンクゴールドのネックレスは、クリスマスに拓己にもらったものだ。

「拓己くんが……つけておいてほしいって言うから」

鏡を見るたびに目に入って、うれしいような恥ずかしいような、なんだかむずがゆい気持ちになるのだ。

拓己の指先が、首元を彩るネックレスをそうっとたどる。

「うれしい。ひろは、おれのって感じする」

ひろは、目を見開いて固まった。

……やっぱり最近の拓己はおかしい。

でもそれを指摘すると、今の拓己なら――……もっと赤面するような答えが返ってきそうでうかつに口にもできないのだ。

それに、とひろはちらりと拓己を見やった。

ひろの手を握ったまま、ぼうっと空を見上げている。

ここしばらく、拓己は気がつくと何かを考え込んでいるような素振りを見せるようになった。

風が吹く。川を吹き渡る風は強く、髪を跳ね上げ飛沫《しぶき》を上げる。

ゆっくりと、けれど何かが大きく変わろうとしている。そんな予感がした。


夕暮れ時の少し前、ひろと拓己は大手筋《おおてすじ》商店街を抜けた先でその人と落ち合った。

彼は嶋田郁也《しまだいくや》と名乗った。ひろの父より若いくらいだろうか。白いシャツにスラックスで、仕事帰りのサラリーマンといった雰囲気だ。

嶋田の案内でたどり着いたのは、ごく普通の二階建ての一軒家だ。カレーのにおいが漂ってくる。今日の夕食なのかもしれない。宿というからてっきり「おおの屋」と同じ雰囲気だと思っていたから、ひろも拓己もあっけにとられてしまった。

「あの火事があってから、もう宿は畳んでしもたんえ」

嶋田はあっけらかんとそう笑って、ひろと拓己をリビングに案内してくれた。

ソファの向かい側に座った嶋田が、分厚いアルバムをどさりとテーブルに置いて、それから掃き出し窓の向こうを指した。

日が落ち始めた庭は柔らかな芝生《しばふ》が敷かれていて、子どものものなのか小さな自転車が二台止められている。

「──……ぼくがまだ、三つか四つぐらいのころまで、ここは古い宿やった」

嶋田家が営んでいた宿は、かつては「おおの屋」と同じ伏見の船宿だった。ずいぶん古いころから続いていたそうだが、四十年前の火事で屋敷が全焼したことをきっかけに、廃業してしまった。今はその土地に嶋田の家族が住んでいるという。

嶋田はテーブルに置いたアルバムをひろと拓己に見せてくれた。褪《あ》せた写真は、かつての宿の姿だろうか。

客と撮った写真、何かイベントがあったときの写真。一枚一枚めくっていくうちに、嶋田がふと手を止めた。

「ああ、あった……」

それは奥まった狭い部屋だった。南から光が差し込んでいるのがわかる。それに照らされるように──その絵はあった。

ひろは息を呑んだ。

右端の上隅には暁が描かれている。一筋輝くのは、まばゆく輝く明けの明星だ。

左下にはごつごつとした太い松の木が、その木肌の陰影までもがはっきりわかるように描かれていた。

三本の足が、その枝を蹴りつけている。

鋭い爪、逆巻くような黒々とした羽を力強く広げ、空に叩きつけている。羽の一筋一筋に入れられた細く白い線が、その羽を艶やかに濡れたように見せていた。

頭からは紅《くれない》の羽が一筋。

暁を睨みつけるようなその瞳は——空と海をうつしたような、深い翡翠色。

写真越しでも伝わる、超然とした迫力の、大きな鳥だった。

「襖絵ですよね。……伊藤若冲が描いたていう」

拓己がそう言うと、嶋田はどうやろうなあ、と笑った。

「真偽のほどはわからへんけどね、うちの家の伝説みたいなもんや」

かつて若冲が伏見で暮らしていたとき、嶋田の宿に泊まった。そのとき当時絵師として有名であった若冲に、宿代がわりに襖絵を描いてもらったそうだ。

「どうして鑑定せえへんかったんですか?」

拓己が問うと、嶋田が一瞬きょとん、として。そうして怪談話でもするようににやりと笑ったのだ。

「——この絵は、曰《いわ》く付きやからね」

三本足の大鳥の絵は、有名な絵師の筆らしいとやがて近所の評判になった。

ありがたがって、宿だというのにこの絵を拝みに来る人もいたそうだが、そのうち不気味な噂が立つようになった。

曰く、襖に描かれた鳥が勝手に動いたり、どこかへ行ってしまったりするのだと。

「それでご先祖様が気味悪がったんか、それとも崇《あが》めてたんかわからへんけど、鑑定なんかとんでもないいうことになったんやろうね」

ひろと拓己は顔を見合わせた。

描いたものが不思議なものであったのか、それとも彼《か》の絵師もまた天から授かった力が備わっていたのか。

あるいは、ときの移ろいと人の祈りが彼を目覚めさせたのか。

ともかくその大鳥は——ヒスイは意思を持ったのだ。

嶋田が、ふ、と口元に笑みを浮かべた。

「ぼくもね、実は見たんや。本当に小さいころ……お客さんがいてはらへん隙にね、そっとそのお部屋に入ったん」

それは確証のない幼い記憶をたどっているようにたどたどしく、けれど夢を見るように少し浮かされた口調でもあった。

「……襖には、ただ明けの明星と松の木しかあらへんくてね」

そこに大鳥はいなかった。襖はまったくもぬけの殻《から》だったのだ。恐ろしくて逃げ出した嶋田が次に確かめたとき。鳥は何食わぬ顔で暁を見つめていた。

幼いころの記憶の齟齬《そご》だとするのか、それとも不可思議に出会ったのか。それを幼い嶋田が確かめる前に。

襖絵は燃えてなくなってしまったのだ。

「——……今は、この写真が一枚、残ってるだけや」

ひろは今はないその襖絵を見下ろして、自分の手のひらを強く握りしめた。

ヒスイが帰る場所は、かつてここにあった。

そして……もうないのだ。

四十年前、雀も同じことを知ったのだろう。

ヒスイは絵に描かれた三本足の大鳥だ。四十年前の風の強い春の日、絵を抜け出して暁を目指して飛び立って、力つきて雀のもとへやってきた。

ヒスイの気配が淡く儚かったのは、雀の縛りを無視して空に羽ばたくことができなかったのは、彼が神の遣いでも、力ある人ならざるものでもなく、失われてしまった、ただの一枚の絵だったからだ。

あの床に彫り込まれた彫刻だけが、今のヒスイのすべてで。

そうして暁の先にいるべき本体も帰る場所も……もうヒスイにはない。

それを知った雀は、だから風切り羽を与えられなかった。

あなたにはもうなにもないのだと言えるはずがなかったから。

奪われた空を駆ける羽こそが――雀の心だったのだ。

3

その日は雨だった。

春の雨は霧のように軽く淡い。はらはらと空から舞い降りて、目の前の全部を薄くぼやかしてしまうような気がする。

電気の通わない幽霊屋敷の中は、空の色と似てひどく暗く、沈んでいるように思えた。

案内された褪せたその雀の寝室で、ひろはヒスイと向き合っていた。

ヒスイが本当は、襖に描かれた一枚の絵であったこと。だから雀の縛りを無視して、羽を広げてここから飛び立つことができないということ。

その絵はもう焼けてしまって、失われてしまったこと。

ヒスイにもう帰る場所がないことを、雀は全部、知っていたこと。

ひろが静かに話す間、拓己はずっとそばにいてくれた。

沈黙が落ちた。雨だけがぱらぱらと窓を叩いている。

彫刻の猫は庭に姿を現さない。先頃、とうとう朽ちてしまったのだとヒスイから聞いた。しだれ桜の花は枯れて、赤みがかった葉が伸び始めている。

春が終わる。

春は別れの季節だ。

……どれくらいその音を聞いていただろうか。

ヒスイがふいに窓を開けた。雨ざらしのバルコニーを通って向かう先は、あのサンルームだ。

ひろと拓己はその背を追った。

歪んだガラス窓が雨に洗われている。

二人が追いついたときヒスイは、ぐっと体を丸めて羽を広げた、自分の姿のそばに立ち尽くしていた。

「――……思い出した」

その瞳から海と空をうつした宝石が、ほろりとこぼれたような気がした。

——自分を描いたのは、奇っ怪なじいさんだった。

そのころの大烏は、はっきりとした意識があったわけではなかったのだけれど、そのじいさんが描く一筆ひとふでが、どうにもくすぐったくて。己が生み出されていく感覚をわくわくと楽しんでいたような気がする。

それから月日が経つにつれて、大烏は自分の意識が、はっきりしていくのを感じていた。

彼がいたのは、どこかの屋敷の中だった。

古い木と、いつも焚《た》かれている涼やかな香のにおいが満ちていた。

そこにはときどきいろいろな人がやってきた。旅の人間であったり、家族がいたり、一人だったりした。たいていは一日その部屋で過ごして、次の日には出て行った。

大烏のことを見に来る人間も増えた。

彼らが祈りの心を向けるたびに、大烏は自分の輪郭がだんだんと形づくられていくような気がしていた。

そのうち、ほんの少し絵から抜け出せるようになった。

ずっと羽がうずいている。

己の目の前にはいつも、暁の中に輝く明星がある。

あの星に向かって飛び立つのだと、彼の体と心が知っている。

──ある風の強い春の日。

大鳥はとうとう空に向かって飛び立った。何かに追われるように焦燥が彼の背を押した。

風にのって、ぐん、と体が高く高く持ち上げられる。

どうしてだかひどく熱くて、振り返ると、地上では今までいたその場所が赤く染め上げられていた。

耳のそばでぱちぱちと炎がはぜる音がする。

痛い、熱い。

広げた羽の先が燃えている。

この色を大鳥は知っている。

これは空を焼く黄昏《たそがれ》の色だ。

違う、と思った。己が向かうべきは暁だ。だからこの黄昏に、つかまるわけにはいかないのだ。

東へ──夜明けの向こうを目指して、彼は羽を羽ばたかせた。

けれど熱くてたまらなくて、やがて黄昏につかまった羽は、風をとらえられなくなった。

その屋敷のバルコニーに転がるように降り立ったとき、彼の体はすでに半分以上が焼けていた。

せっかく手に入れた自分の輪郭が、ほろりほろりと風に舞い散って消えていく。

それがたまらなく苦しくて、とてもさびしかった。

だから自分を見つけてくれたその女が、そうっと羽に触れたとき。

ひどく安心したのだ。

「わたしが、一緒にいる」

その声は、夜が明ける寸前、ふとひと息吸い込んだ、澄んだ空気の冷たさによく似ていると思った。

——体の半分が焼けて失われた大烏を、雀はサンルームの床板に彫りとどめた。雀が失われた本体から切り取ることができたのは、ほんのわずかな命の欠片だけだ。

風切り羽はすでになく、記憶をとどめておくこともできなかった。

「……雀は、全部知っていたんだ」

懸命に飛ぼうとする彼に、戻るべき本体も帰る場所ももうないことを。大烏に残されたのは、彫刻にとどめられたわずかな命だけで。

ここを離れればただ……朽ちてしまうしかないことも。

目の前の彼女がうなずいた。雀の彫刻に惹《ひ》かれてやってきた娘で、ほかの人間よりも少しばかり、ヒスイたちのようなものに近い存在だ。

その子は雀に似ていた。

自然を眺める瞳の色も、引き込まれるように風が吹きすさぶ音に耳を澄ませているところも、夕暮れや朝日が染める色を飽きずに眺めているところも。

助けを求めているものを見捨てられない、人間らしい甘さも。


――ヒスイは雀が嫌いだった。

空を飛びたいのに、本気になれば羽の一つや二つ彫ることができるはずなのに、ちっともヒスイに与えてくれないからだ。

「いい加減、諦《あきら》めたらええのに」

いつもべちゃりと床に突っ伏すヒスイを、くすくすと笑いながら見つめていた。

でもヒスイの頭をときどき撫でてくれるあの手の心地よさだけは、まあ認めてやってもいいかな、なんて。そんなふうに思っていた。

雀はいつも一人だった。

毎日世話係という人がやってきたが、食事を作ったり身の回りの世話をするとすぐに帰っていった。月に何度かやってくる黒い車は、雀を「病院」に連れていっているらしかった。

そのときばかりは雀はヒスイのことを、サンルームから出るなと言って隠していた。だからいつもこっそり様子をうかがっていたのだ。

彼らは──ときに彼女らは、雀のことを嫌っているわけではなさそうだったが、なんだかいつも遠巻きだった。

雀は体が弱かった。心はいつもうっとうしいくらい潑剌としているくせに、体がそれについていかない。無茶をするとふと力が抜けたように倒れてしまうというのに、雨の日でも外で彫刻を彫っていたりする。

通っている病院の診療から抜け出して、何時間も景色に見入っていたらしい雀が、玄関で倒れ伏したときにはさすがのヒスイも叫んだ。

「馬鹿《ばか》！　死にたいのか！」

たぶん雀には伝わっていないのだろうけれど。

雀のことは嫌いだけれど、目の前で床に転がった人間を見捨てていくほど、自分は薄情にはできていない。

だから仕方なく、本当に仕方なくヒスイは雀の世話を焼いてやった。

そのとき、小さな鳥の体ではとても不便だと思った。薬を飲めと伝えることのできる声があるといい。くちばしで引きずるには限界があったから、手があるといい。彼女を抱えて運べるとなおいい。お湯を沸かして茶を入れられるといい。

布団を抱える彼女の顔が、とても苦しそうだから。

その頰を撫でることのできる、人のあたたかな手があると――きっとすごくいい。

「……ずいぶん便利になったね」

人の姿をとれるようになったヒスイに、雀がいつか笑いながら言った。心外だ。誰のせいだと思っているんだ。

「きみが無茶するからだろう」

それは何度目かの、雀がアトリエで倒れたあとだ。その体を抱えてベッドに寝かせてやって、茶を入れて薬を飲ませて。だんだん慣れてきてしまっているのが悔しい。

そのころにはヒスイがいるからと、雀は世話係の人間を買い出し以外でほとんど呼ばなくなっていた。

まったく、とヒスイはふんと鼻を鳴らした。

「きみはぼくが飛べるようになって、ここを出て行ったら、いったいどうやって暮らしていくんだい?」

雀がどこか拗ねたように、むすっと頰を膨らませる。

「大丈夫だよ。ヒスイはずっとここにいてくれる――ずっとあたしと一緒やろ」

その「ずっと一緒」は、ヒスイにとってはとても奇妙な言葉だった。

だってヒスイは知っているのだ。人間の言う「ずっと一緒」には、たくさんの意味があることを。たとえば、「さびしい」とか「きみがとても大切だ」というような。

だとすると雀は、さびしいのだろうか。

この屋敷でひとりぼっちで過ごすのは、確かにちょっとばかり……心が冷たくなる心地がする。

それなら仕方がないから。羽が戻るまでは……一緒にいてやらなくもないのだ。

雀はそれから少しずつ弱っていった。

立ち上がることのできる時間が減って、彫刻なんてとても彫ることができなくなって、彼女の中に蓄えられている命が、目に見えて薄くなっているのだと誰もがわかっていた。

まだ自分の力で動くことができる間に、人を屋敷に呼んで様々な手配をしていた。そういえばヒスイがここに来たころに、一度見たことのある男だった。

サンルームは雀のお気に入りだった。そこが一番日が当たってあたたかくて、歪んだガラスの外側に美しい自然を見ることができるから。

そこにたくさんクッションを敷き詰めたのもヒスイだ。

燦々《さんさん》と照る太陽が昇ってから、沈んで星空に変わるまでヒスイはずっと雀のそばにいた。

ある日、雀が言った。

「外に行きたい」

とても叶えられない願いだった。

「春の雪解け水の流れる川が見たい。風は春やのに、川から吹き上がる風がキンて冷えて、気持ちええの」

夏のうだるような暑さの中、めいっぱいに広がる深い森を見上げたい。木々の陰影が太陽をくっきりと切り取っていて、まるで誰かが空に模様を描いたようだ。

秋の紅葉は、真っ赤に染まる手前が一番好きだ。鮮やかな赤、黄、橙に緑……さまざまな色が混ざって心がおどる。

冬の澄んだ空気は何より星空を美しく見せてくれる。凍りつくような冷気を肺に満たして、宝石を砕いたような星が散る空をずっと眺めていたい。

「……それでももう一回、春が見たいなあ」

きみに出会う、芽吹きの春だ。

「ぼくに羽をくれよ、雀」

ひどく軽くなった雀の背を後ろから支えて、祈るようにヒスイはつぶやいた。

「そうしたらぼくが、きみを連れていってあげるよ」

暁の向こうへ、再びの春へ。

でも雀は何かを諦めるように、薄く笑ったのだ。

「だめ。飛んでいかないで。ヒスイは……あたしとずっと一緒」

それが雀と話した最後だった。

雀の意識がなくなって病院に連れていかれて、それきり帰ってこなかった。ずいぶん経ってから別の人間がやってきて、雀の作品を運び出していった。

その会話をサンルームから密《ひそ》かに聞いていたヒスイは、そこで初めて、雀が死んだことを知ったのだ。


――苦しいと思う。どうしてこんなに苦しいのかわからなくて、ヒスイはずっとこの屋敷から逃げ出したかった。

この胸を裂くような痛みから解放されたかったのだ。

「雀なんか嫌いだ」

喉《のど》が焼けるようだった。叫び出してしまいたかった。

雀は最期、この屋敷を手つかずのままにしてほしいと頼んだという。

ヒスイのわずかな命の欠片はこの屋敷の床に刻まれている。屋敷が朽ちればともにヒスイも消えてしまうのだ。

だから雀はせめてここが朽ちるまでは、誰にも見つからず、ヒスイが暮らすことができるようにと。そう願ったのだ。

そこまでするのなら、どうして一緒に連れていってくれなかった。

この背中に羽が残っていればよかった。そうすればきっとあの子を追って、空へ飛ぶことができた。

一緒に、暁の向こうへ飛ぶことができたのに！

視界が波打っていて水の中のようだった。自分が泣いているのだとわかった。

この何もかもから逃げてしまいたいほどの苦しさを……人は哀《かな》しいと言うのだと、ようやくヒスイは知ったのだ。

もうヒスイのそばにも、その先にも誰もいない。

――どう、と風が吹いた。

ひろは風に押され、たたらを踏んだ。

目の前でヒスイの姿がぐるぐると渦を巻いていく。墨が尾を引き、まるで空に筆を置いてかき回したようだった。

「ひろ、下がれ」

するりと姿を現したのは、シロだった。

白銀の髪に月と同じ色の瞳。裾に蓮《はす》の花が描かれている。千切れそうなほどに銀色の髪が靡《なび》いていた。人の姿のシロだ。

風の中心で、何かが大きく羽ばたいたのをひろは見た。

鳥だ。

海と空をうつしたような、美しい翡翠の瞳。頭頂から赤い羽がするりと一筋伸びている。鋭い爪を持つ三本の足、墨を流したような黒い羽に、ひろはなるほど、と納得した。

筆が美しく流れたあとがわかる。細い筆で書き込まれたひと羽ひと羽は、たっぷりと風をはらんで膨らんでいる。

本物に限りなく近い、けれど美しい絵が顕現《けんげん》している。

四十年前、雀はこの姿を見たのだ。

ぶわりと羽ばたくと風が巻き起こり、ひろは自分の足が浮いたのを感じた。

「うわっ」

「ひろ！」

後ろから抱きかかえられて、ひろは拓己にしがみついた。拓己がもう片方の手でサンルームの柱をしっかりとつかんでいる。

――羽を返せ。ぼくの羽を。連れていくんだ――暁の向こうへ！

風切り羽を失った羽は、ヒスイの体を一瞬ぶわりと浮かすけれど、よろりとよろめいて床に転げてしまう。

苛立《いらだ》ったように膨らんだ羽が、空を打った。

――返せ！

「うっとうしい」

シロが舌打ちをしたのが聞こえた。

サンルームのそば、外の井戸で水が跳ね上がった音がする。それは雨に混じって次の瞬間、歪んだガラスを叩き割った。

「待て、白蛇、危なっ！」

拓己が目をむいて、ひろを抱き込む力がぐっと強くなった。

すさまじい音がする。

拓己の腕の隙間から、ひろはその光景を見つめていた。

雨に混じって、雲の隙間から差し込んだ陽光に――極彩色に彩られた砕けたガラスが降り注ぐ。

その一瞬は、とても美しい光景のように思えた。

そうしてそれは、次の瞬間にすべてヒスイに降り注いだ。

「耳障《ざわ》りだ」

シロの硬質の声がする。

水とガラスに叩き伏せられたヒスイが、のそり、と床の上でのたうったのが見えた。

弱々しく羽ばたくと、そよ風のような風がひろの頬を撫でた。

「シロ、だめ」

拓己の腕を押しのけて、ひろは叫んだ。鞄《かばん》の中から小さな包みを引っ張り出す。

「ひろ、まだあかん！」

でも今しかないのだ。

この声を届けることが、ひろの役目だと、そう思うから。

大好きなものを失って悲しい。それは人もそうでないものも、みんな一緒だ。

「雀の心を持ってきた！」

刃の潰れた小刀だ。屋敷から持ち出されたあと三十年間、ずっと四木のもとにあった。

本当は、彼女はこれをヒスイに残したはずだったのだ。

白木の鞘には、彼女自身の横顔が彫り込まれていた。

——わたしのこころを、ここに。ひすい。

その声を聞いて、大鳥の翡翠色の目が見開かれたような気がした。

「雀はこれをヒスイに残したんだ。……自分がいなくなったあとも、ヒスイが一人でさびしくないように」

吉楽雀は不思議な力を持っていた。彫り込んだもののわずかな命の欠片を、写し取ってしまう力だ。だから彼女はそこに、自分の顔を刻んだのだろう。

さびしがりやの美しい鳥に、自分の想いを残すために。

粗く彫られた美しいその顔が、わずかばかり微笑んだような気がした。

——ずっと一緒。

それは……「きみが大切」ということだろうか。

ヒスイは床に伏せる自分の羽を見つめていた。

この羽では雀を抱きしめることができない。鋭い爪のままでは、きみに触れることもできない。このくちばしではきみと話をすることもできない。

だからヒスイは――……人の姿になった。

ヒスイはひろから受け取った白木の小刀を、その胸に抱きしめた。

雲が切れ、陽光が差し込む。

一枚残らず割られた窓ガラスの向こうから、春の終わりの光が床に刻まれた大烏を照らしている。

きみのことなんか嫌いだ。だけどきみがさびしいと言うから。

「きみと、ずっと一緒にいてあげる」

――ヒスイの上に、陽光が降り注ぐ。床に膝をついて小刀を抱きしめてうずくまるその姿は、まるで美しい絵画のようだ。

ひろはそれにはもう、誰も触れてはいけないような気がした。

ひろの肩に、白蛇姿のシロがするりと這《は》い上がる。雨が止んだのだ。

「帰ろう、ひろ」

ひろはうなずいた。見上げた拓己が小さくうなずいてくれる。

ここはやがて朽ちるだろう。

その瞬間まで、雀とヒスイはともにいる。

4

宴会というのは、どうやら何度やってもいいものらしい。

さやさやと雨が降る中。蔵の駐車場に業務用のテントまで立てて、さあバーベキューだと言い始めたのは杜氏《とうじ》の常磐《ときわ》だった。

蔵人たちだけではなく、近所の子どもたちが遊びに来て大人たちが酒をもちより、すっかりご近所さんの宴会といった体《てい》になっている。

「若、炭。それと肉が足らへん！」

「仕入れの読みが甘いんとちがうか、あーあー、先が思いやられるなあ」

蔵人たちからのつっこみに、拓己が悲鳴を上げる。

「嘘やろ、おれ何キロ買《こ》うてきた思てるんですか!?　あんたら食いすぎやわ！」

今朝方、拓己が頼んでいた店から、様々な部位の肉をダンボール箱に入れて抱えてきたのをひろも知っている。その肉も肉体労働の男たちが相手では、あっという間に空っぽだ。

「おい、跡取り。菓子が足らん」

「菓子!?　そんなん仕入れてへん……は!?」

拓己と同時に、ひろもあわてて振り返った。男たちの間になんだか妙なのが一人交じっている。

「し……」

シロ、と呼ぶべきかどうかずいぶん迷って、ひろはぐっとのみ込んだ。

人の姿のシロが、いつの間にか拓己の洋服を勝手に着ていて、長い髪を後ろできゅっと一つにくくっていた。蔵人たちが、シロの肩をとんとんと叩く。

「なんや兄ちゃん、若の知り合いか？」

「いや、ひろの親戚だ」

しれっとそう言うものだから、ひろは頭を抱えそうになった。

シロはときどき人に交じるときに使う、ひろの親戚である、という設定を妙に気に入っているのだ。

「ひろちゃんの親戚？　早《はよ》う言いや！　酒足りてるか！」

「足りていない」

シロが鷹揚《おうよう》に差し出した猪口《ちょこ》に、蔵人の一人が酒を注いだ。それを一気に干したシロの飲みっぷりがどうやら気に入ったのか、あっという間に蔵人たちに囲まれている。

拓己がつかつかと近づいていって、シロの肩をつかんだ。

「お前、なに人んちの宴会に馴染んでんのや」

「騒ぎになるとひろが大変だから、ちゃんと洋服にしただろう。気は遣った」

「遣えてへんわ、出てくんな！　バレるとややこしい！」

拓己が頬を引きつらせている。

常磐と正《ただし》が妙に含みを持った目でシロを見ているような気がして、ひろは気が気ではない。この清花蔵は神の酒を造る蔵だ。拓己と同じでシロのことを察する人間もいる。

けれどシロは唇の端で笑うばかりだった。

「気づいたとて、おれを追い出せるものがこの都にいるものか」

だがその両手にどこから仕入れてきたのか、ふかふかに蒸し上がった酒まんじゅうを持っていて、ちっとも格好がついていないのがひろにはおかしかった。

半ばやけになった拓己が舌打ち交じりに、足元のダンボールを抱え上げた。

「炭の追加です！　肉はなんとかしてくるんで、ちょっと待っといてください」

いくら跡取りとはいえ、蔵人たちの間で拓己はまだ一番下っ端なのである。そしてひろもこの戦場では立派な戦闘員だ。

「わたし、実里さんに言って間を繋げそうなものもらってくる」

肉を買いに走り出した拓己の背に、ひろはそう叫んだ。

「ありがとうな。ひろも先食べときや」

うなずいたひろは、よし、と腕まくりをした。ぐるりと見回すと、テントの下でみんなが笑っている。

蔵人たちも近所の人たちも、正も常磐も。

そして、シロも。

「ひろはおれの酒まんじゅうを食べるといい。一つ取ってやるからな」

そう満足そうに笑うシロのように、人とそうでないものとのその境目が、ほんの少しでも近くなればいいいと。

いつだってひろはそう思うのだ。


その夜だった。

祖母に呼ばれてひろが階下へ下りると、拓己が待っていた。

「ひろ、ちょっと外出えへんか?」

瞠目したひろは、あわてて上着をひっつかんで、適当なサンダルに足を突っ込んだ。時刻は十時を回っていて、こんな夜に拓己がひろを誘うのは珍しかった。

境内《けいだい》に出ると、拓己が自然と手を繋いでくれる。こんな些細なことがうれしかった。

蓮見神社の境内には電灯が一つ灯《とも》されている。橙色の円に切り取られるように、あたりは漆黒に染まっている。

雨はすでに止んでいて、空には薄雲の向こうに星が一つ、二つ光っていた。

「蔵人さんに聞いたんやけどさ……あの幽霊屋敷、今日突然、崩れてしもたんやて」

拓己が静かにそう言った。ひろはほんのわずか息を呑んだ。

きっと最後まで、ヒスイと雀はともにいたのだろう。

「あれで幸せだったと思う？」

ひろはほろりとそうこぼした。

たとえば、新しい羽をどうにか与えることはできなかったのだろうか。どうにか元の絵に戻る方法を探すことはできなかったのだろうか。

真実を伝えて雀の心を渡して、ただともに朽ちる選択肢《し》しかなかったのだろうか。

「さあ。それは二人にしかわからへん」

拓己の言う通りだった。

悲しくてさびしくて。

でも本当はひろは――……。

「――……ちょっと、うらやましいて思た」

心の中を読まれたのかと思って、ひろは拓己のほうを見やった。困ったような顔で、でもそれを受け入れたどこか吹っ切ったような顔で、拓己が笑っている。

「これはおれのわがままで重くてどうしようもないんやけど……おれは、ひろと一緒に生きて、一緒に死にたい」

そうだ。ひろもそう思った。

最後に雀の心を抱いて光を浴びたヒスイを見たときに。ほんの少しだけ、うらやましいと思ったのだ。

言葉と涙は繋がっているのかもしれない。口を開くと同時に、どうしてだかボロボロと涙があふれ出して止まらないのだ。

「二人でずっと生きて、一緒にいたいよ、拓己くん」

そうして最期には、一人ではなくて一緒に空の高いところへ行きたい。それはきっと叶うことはないだろうけれど。

拓己のいないところに、たった一人で取り残されるのはいやだ。

好きだということは素敵なことだと知った。

恋はどきどきしてままならないものだと知った。

では――愛は重く苦しくて、互いを縛るものなのかもしれない。

それでもひろは、この人が愛おしくてたまらない。

「一緒にいよう、ひろ——この先ずっと一生、おれのでいて」

視界が滲む。ゆらゆらと揺れる。

歪んだ先で拓己が笑っている。

ああ——これが幸せということだ。

雨のあとの静かな夜に重なった唇の熱さを、ひろはこの先もずっと忘れないだろうとそう思った。

参考文献

『日本美術全史　世界から見た名作の系譜』（２０１２）田中英道（講談社）
『アート・ビギナーズ・コレクション　もっと知りたい伊藤若冲　生涯と作品　改訂版』（２０１１）佐藤康宏（東京美術）
『よみがえる天才１　伊藤若冲』（２０２０）辻惟雄（筑摩書房）

※この作品はフィクションです。実在の人物・団体・事件などにはいっさい関係ありません。

集英社オレンジ文庫をお買い上げいただき、ありがとうございます。
ご意見・ご感想をお待ちしております。

●あて先
〒101-8050　東京都千代田区一ツ橋2-5-10
集英社オレンジ文庫編集部 気付
相川　真先生

京都伏見は水神さまのいたはるところ

ふたりの春と翡翠の空

集英社
オレンジ文庫

2023年2月21日　第1刷発行

著　者　相川　真
発行者　今井孝昭
発行所　株式会社集英社
〒101-8050東京都千代田区一ツ橋2-5-10
電話【編集部】03-3230-6352
【読者係】03-3230-6080
【販売部】03-3230-6393（書店専用）
印刷所　凸版印刷株式会社

ISBN 978-4-08-680490-5 C0193

コバルト文庫　オレンジ文庫

「ノベル大賞」
募集中！

主催　（株）集英社／公益財団法人　一ツ橋文芸教育振興会

小説の書き手を目指す方を、募集します！

幅広く楽しめるエンターテインメント作品であれば、どんなジャンルでもＯＫ！

恋愛、ファンタジー、コメディ、ミステリ、ホラー、ＳＦ、etc……。

あなたが「面白い！」と思える作品をぶつけてください！

この賞で才能を開花させ、ベストセラー作家の仲間入りを目指してみませんか!?

大賞入選作
正賞と副賞300万円

準大賞入選作
正賞と副賞100万円

佳作入選作
正賞と副賞50万円

【応募原稿枚数】

400字詰め縦書き原稿100〜400枚。


【しめきり】

毎年1月10日（当日消印有効）

【応募資格】

性別・年齢・プロアマ問わず

【入選発表】

オレンジ文庫公式サイト、WebマガジンCobalt、および夏ごろ発売の文庫挟み込みチラシ紙上。入選後は文庫刊行確約!

（その際には、集英社の規定に基づき、印税をお支払いいたします）

【原稿宛先】
〒101-8050　東京都千代田区一ツ橋2-5-10
（株）集英社　コバルト編集部「ノベル大賞」係

※応募に関する詳しい要項およびWebからの応募は
公式サイト（orangebunko.shueisha.co.jp）をご覧ください。